손정승
땡스북스 점장. 홍대 앞에서, 책방에서 일할 거라곤 꿈에도
생각 못했다. 책 덕분에 이해할 수 있었던 많은 것들과
책방에서 주고받은 마음들을 자주 떠올린다. 주5일은 책에
밑줄을 치고, 쉬는 날엔 드럼을 친다.

음소정
땡스북스 매니저. 좋아하면 그 언저리를 기웃거리는 사람.
책과 사람이 모이는 곳을 맴돌다 홍대 앞 동네서점 땡스북스에
왔다. 책 가까이 더 많은 사람을 초대할 궁리를 하며 책을
고르고, 진심을 담아 책을 판다. 취미는 산 책 들고 산책하기.

고마워 책방

고마워 책방

홍대 앞 동네서점 땡스북스 10년의 이야기

손정승·음소정 지음

유유

고마움이 모이는 곳

2016년 1월 3일. 이날은 반년간의 파트타이머 생활을 마치고서 땡스북스에 정식 입사한 날이다. 첫 출근길 가방에 넣었던 내 노트를 기억한다. 노랑과 초록이 섞인, 손에 쏙 들어오는 크기의 노트 앞면에 나는 Ver. 1이라고 아주 크게 적었다.

파트타이머 생활은 정말로 즐거웠다. 출판사 취업을 준비했던 나는 얼결에 서점으로 샜는데, 이곳은 몹시 재미났다. 아니, 짜릿했다. 취향으로 꾸려진 지극히 주관적인 공간이 꽤 보편적인 사랑을 받고 있다는 게 신기했고 궁금했다. 여기에 자리가 나거든 꼭 한 번 욕심 내고 싶었다. 그런 날은 오지 않을 거라고 생각했는데, 생각지 못한 때에 그런 날이 정말로 찾아왔고 땡스북스에 합류할 기회가 주어졌다. 그때 친구가 해 줬던 말이 지금도 생생하다. "땡스북스에 가면 네 결대로 살 수 있을 것 같은데?" 친구가 말한 나의 결이라는 게 뭔지도 몰랐지만, 그 말을 들은 스물다섯의 나는 일기장에 이렇게 적었다.

'지금은 사포 같은 결일지라도 이곳에서 시간을 보내다 보면 따뜻하고 단단한 나만의 결을 가질 수 있지 않을까? 물론 생각한 거랑 많이 다를 수도 있겠지. 실망할 수도 버거울 수도 있어. 빠르게 성장할지 혹은 더디게 나아갈지 잘 모르겠지만 절대 뒤로만 가지 말자.'

그렇게 나는 여섯 번째 업무노트를 펼쳐 든 서점인이 되었다. 2년 차부터는 블로그에 일주일 단위로 업무일지도 썼다. 우스갯소리로 "누가 책 내자고 하면 바로 쓸 수 있습니다.", "대표님 몰래 독립출판 할 거예요."라는 농담 반 진담 반의 말을 하며 다음 날이면 전부 까먹어 버렸을 아주 사소한 매일매일을 빠짐없이 적었다.

2020년 봄, 그런 내게 출판사에서 새로운 빈 노트를 건네 주었다. "땡스북스의 10년을 정리해 보시는 건 어떨까요?"라며. 언제나 동네책방과 서점 실무진의 이야기에 귀 기울이는 곳이었기에 반갑고 감사한 제안이었다. 언젠가 이런 날이 오면 '옳거니, 드디어 올 것이 왔군!' 하면서 덥석 받을 줄 알았던 나는 의외로 확답을 드리는 일을 미루고 또 미뤘다. 땡스북스 내부에서도 우리의 시간을 잘 정리해 보자는 말이 오래전부터 있었지만, 매일의 업무에 치여 순위가 밀리기 일쑤였고 그렇게 쌓인 시간이 10년이 되자 이제는 엄두가 나질 않았다. 제안을 받고도 몇 개월이 훌쩍 지나는 통에 자연히 출판사에서도 잊으셨겠거니 했는데 집요한 대표님은 뭉근한 기운으로 은은하게 연락을 해 오셨다. 그때마다 칼같이 고사하지 않았던 건 실은 마음 저 바닥에 이런 생각이 있었기 때문이다. '홍대 앞에서 책방이 버틴 10년이라는 시간은 결코 짧은 시간이 아니었어. 지금이야. 지금이 아니면 20년이 돼도 못 써.' 그렇게 노트북 모니터 속의 빈 노트를 마주했다.

왜 기록을 남기려 하는지 스스로에게 물었다. 답은 곧바로 튀어나왔다. 땡스북스 책장 뒤에 사람이 있다는 걸 알림으로써 '내가 좋아하는 땡스북스가 이렇게 운영

되고 있구나, 이런 손길이 닿아 있구나' 하는 경쾌한 안도감을 드리고 싶었다. 이 책을 읽고서 오랜 단골손님은 '역시 내가 잘 봤지! 여기 단골 하길 잘했어!' 하는 뿌듯함을, 땡스북스를 처음 알게 된 분은 '성실하고 즐거운 곳이구나'라고 느낄 수 있다면 더할 나위 없으리라. 그래서 책의 구성도 땡스북스의 매일을 가까이서 느낄 수 있도록 1년치 업무일지 형식으로 꾸렸다.

책을 쓰는 시간이 하루도 빠짐없이 즐거웠다면 거짓말이다. 퇴근 후에도 회사에 대해, 일하는 내 모습에 대해 글을 쓰는 건 끝이 안 보이는 일을 잔뜩 껴안고 있는 기분이었다. 그런데 그걸 나만이 끝낼 수 있다니, 아주 깝깝한 노릇이었다. 답답함이 지나쳐 없던 일로 무르고 싶어지는 날이면 신기하게도 땡스북스라는 이름 안에서 만났던 좋은 분들의 얼굴이 떠올랐다. 잔뜩 받아 둔 진심 어린 응원, 조심스레 요즘의 글쓰기를 묻는 질문들, 책을 준비한다는 소식은 모르더라도 땡스북스에 꾸준히 들러 주시는 분들. 그분들이 기다리고 있고, 환대해 주시리라는 생각을 하면 이리저리 흩어진 마음을 다시 다잡을 수 있었다.

책뿐이랴. 땡스북스의 지난 10년이 그랬다. 책에 대한 고마움을 다른 이와 나누고 싶어 시작한 서점은 이제 '고마움이 모인 곳'이 되었다. 이곳을 둘러싼 수많은 얼굴 그리고 그들과 주고받은 다정한 고마움들을 떠올린다. 좋은 책을 만나게 해 주어 고맙다는 말부터 땡스북스가 있어 줘서 고맙다는 말까지. 넘치게 받은 마음들이었다. 나도 마찬가지다. 땡스북스가 있어서, 땡스북스에서 일을 해서 타인에게 건넬 수 있는 고마움이 있었다.

10년이라는 시간을 잘 보내고서 이렇게 한 권의 책을 남길 수 있게 된 건 무엇보다 좋아하는 책방이 사라지지 않도록 이곳에서 기꺼이 지갑을 열어 주신 분들 덕이다. 평소 구매로도 모자라 작은 동네서점의 이야기와 서점인의 목소리에 또 한 번 시간과 마음을 내어 주셔서 감사하다. 사랑하는 가족 외에 유일하게 식구라는 이름으로 부르고 싶은, 지난 10년을 함께해 온 땡스북스 식구들에게도 감사를 전한다. 최선을 다해 일했던 시간과 공간을 책으로 남길 수 있어서, 고마움을 전할 수 있어 그저 다행이다.

고마워, 책방! 고마워, 땡스북스!

소정

두툼해진 노트를 바라보는 마음

시계를 돌려 땡스북스에 처음 왔던 날로 돌아가 본다. 그 시절 나는 한 영화제에서 자원 활동가로 만난 같은 팀 친구들과 모여 좋아하는 곳에 함께 가곤 했다. 망원동엔 책방 만일, 신촌엔 위트 앤 시니컬이 있던 시절이다. 홍대에서 만난 어느 날, 팀원 중 한 명이 우리를 땡스북스로 인도했다. 상상마당 뒤로 돌아가니 따스한 노란 빛을 내며 우리를 기다리던 책방의 고요한 풍경이 지금도 눈에 선하다. 홍대에 오면 어쩐지 자꾸 두리번거리며 쭈뼛대던 내게 마음 붙일 곳 하나가 생겨 무척 기뻤다.

몇 년 후, '책 언저리에서 일하고 싶다'는 생각을 하며 어떤 일을 할 수 있을까 고민 많던 취준생은 땡스북스 파트타이며 모집 공고를 발견한다. '할 수 있다'는 자신감보다는 '잘할 수 있을까?' 의심하는 마음이 앞선 탓에 많은 기회를 떠나보내던 시절, 이번만큼은 놓치고 싶지 않아 잽싸게 지원서를 제출했다. 면접까지 보았지만 결과는 '아쉽게도 음소정 씨는 저희와 함께할 수 없습니다'였다. 고배를 마셨지만 면접 결과를 전하는 문자에서도 따뜻한 마음이 전해져서 땡북을 향한 애정은 오히려 더 커졌다. 여전히 홍대에 가면 땡스북스를 떠올렸고, 이곳을 아직 모르는 사람이라면 한 번쯤 데려가 소개했다. '소정이 덕에 알게 된 멋진 공간'이라는 말을 들으면 괜히 뿌듯했다.

그리고 2018년, 다시 한번 더 기회가 찾아왔다. 이번엔 무려 정직원 채용 공고였다. 며칠을 공들여 지원서를 작성했다. 지원서에 답을 적는데, 잘 써야 한다는 조바심보다 답을 적는 과정 자체가 즐거웠던 기억이 생생하다. 내가 무엇을 어떻게 할 수 있는 사람이라고 어필한다기보다는 답변을 적으며 '내가 좋아하는 것'에 대해 생각할 수 있어 그랬던 게 아닐까 싶다. 그렇게 손님으로 애정하던 공간이 나의 일터가 되었고, 나는 올해로 3년 차 서점원이 됐다.

땡스북스에 처음 왔던 그 날 이후 벌써 5년이 지났다. 그동안 땡스북스는 이사를 했고 그사이 좋아하는 공간이 사라지기도 했다. '사라진 곳'이라 하니 문득 지원서에 있던 좋아하는 책과 브랜드, 공간을 묻는 항목이 생각난다. 나는 좋아하는 공간을 묻는 질문에 사라져서 너무나 아쉬웠던 동네 단골 카페를 적었다. 그러고 보니 땡스북스 10주년을 기념해 단골손님들과 함께 진행한 〈취향의 연결〉 코너에서도 비슷한 이야기를 적어 주신 손님이 있었다. 좋아하는 공간이 없어지는 건 슬픈 일이니, 오래오래 있어 달라고. 그 아쉬움을 너무도 잘 알기 때문에 그 문장을 오래 곱씹으며 다짐했다. 지금 이 자리에서 내가 할 수 있는 일을 잘해 나가자고.

어떤 다이어리도 1년을 다 채워 본 적이 없던 내게 열두 달을 꽉 채워 쓴 업무노트가 벌써 두 권이나 생겼다. 그리고 지금, 세 번째 업무노트를 채워 가고 있다. 깨끗했던 노트는 시간이 갈수록 기록과 자료와 손때가 더해지며 두툼해졌다. 3년의 시간도 이 정도로 통통한데, 땡스북스의 지난 10년을 기록한 노트가 있다면 얼마나 두툼하고 묵직할까?

이 책에는 땡스북스의 지난 10년을, 현재 이곳을 꾸리는 두 사람의 입장에서 갈무리한 이야기를 담았다. 땡스북스를 애정하는 5년 차 손님이자 3년 차 서점원으로서 들려 줄 수 있는 '지금의 땡스북스' 이야기를 착실히 담으려 노력했다. 유유 조성웅 대표님의 제안이, 땡스북스 이기섭 대표님의 든

든한 지원과 응원이, 원고를 살핀 인수 편집자님의 애정이 없었다면. 무엇보다도 나의 멋진 선배이자 믿음직한 동료 정승님과 함께가 아니었다면. 이 책의 집필을 결심하지도, 끝마치지도 못했을 것이다.

수만 권의 책과 셀 수 없는 발걸음, 그리고 책방을 꾸리는 우리의 손길이 더해진 이곳의 이야기를 전한다. 두툼한 노트를 들여다보는 기분으로 이 책을 읽어 주길 바란다.

조금씩 나아간 10년

이기섭 땡스북스 대표

땡스북스가 10년을 넘긴 비결을 물으시는 분들이 많다. 내 입장에서 그 비결은 나의 '인복'이라고 말하고 싶다. 좋은 사람들과 함께 어울린 덕분에 10년을 무사히 지나 올 수 있었다. 이번 기회에 한 명 한 명 이름을 언급하며 우리 동료들을 자랑하고 싶지만 개인적 감상에 빠지는 것은 늘 자제해야 한다.

걱정과 근심은 자영업의 숙명과도 같다. 해결해야 할 문제들은 언제나 쌓여 있고 새로운 위기는 늘 찾아온다. 하지만 대표의 굳건한 의지만으로 번민과 위기를 극복할 수는 없다. 걱정과 근심에 빠지지 않고 그것을 해소하고 다시 나아갈 수 있었던 것은 동료들 덕분이었다. 당장의 우리 능력은 미흡하고 부족하더라도 하루하루 가능한 한 즐겁게 일했다. 어쩌면 우리 직장이 책방이어서 가능했던 일이라고 생각한다. 좋은 책이 있고 좋은 손님들이 찾아왔고 우리는 책이 있는 이 공간을 좋아했으니까. 가끔씩 만나는 불친절한 손님과 스트레스는 우리의 일상을 위협하지 못했다. 그렇게 많은 사람들의 힘을 모아 조금씩 조금씩 나아간 시간이 어느덧 10년이다.

지금의 속도대로 가능한 한 오랫동안 땡스북스를 상징하는 노란색 간판의 불을 밝히고 싶다. 매일매일 당연히 누리는 평범한 일상이 실은 가장 소중한 행복이다. 그것을 알게 되기까지 시간이 걸렸다. 땡스북스 덕분에 나는 제법 성장했다.

THANK
S
BOOKS

ENJOY
the
little
things

1월

정승

자만추 여러분을 환영합니다

"여기 책장은 어떻게 구성되어 있나요?"

오랜만에 받은 질문이다. 보통은 간략히 설명해 드리곤 하는데, 이 자리를 빌려 제대로 소개할 수 있게 되어 무척 기쁘고 신난다.

땡스북스의 문을 열면 들어오자마자 매대 하나가 보인다. 이 매대는 신간과 구간을 보기 좋게 진열해 두는 자리로, 매일매일 입고되는 책들을 표지가 보이게 뉘여 놓는다. 이 매대를 중심으로 왼쪽엔 쇼윈도 전시 연계 매대가, 오른쪽에는 잠시 서서 책을 살펴볼 수 있는 바 테이블이, 바 테이블 옆에는 디자인·예술 매대가 있다.

매대에 책을 진열할 땐 두 가지를 염두에 둔다.

첫째, 흐름이 자연스러운가? 둘째, 책이 정확히 가닿을 곳에 제대로 진열되었는가?

우리는 매대와 책장에 책을 진열할 때 흐름을 부여한다. A책 옆에 B책을 두면 자연스럽게 관심사가 확장되는지, 우연한 발견으로 이어질 수 있는지를 고민하는 것이다. 해당 책을 쓴 저자의 전작이나 비슷한 주제를 다룬 책, 신간을 보고서 떠올린 예전에 읽은 책, 아주 가끔은 대척점에 있는 책을 슬쩍 놓아 보기도 한다. 요즘 책들은 여러 분야에 걸치는 경우가 많아서, 어떤 분야에서 소개되는지에 따라 발견이나 구매 가능성이 크게 바뀌기 때문에 이 책이 놓이는 이 자리가 최선인지 거듭 고민한다.

내용을 파악해서 진열하는 일만큼이나 분야와 출판사를 안배하는 일 또한 중요하다. 특정 출판사의 책이 여러 권 올라와 있진 않은지, 특정 책이 매대에 장시간 진열되어 있진 않은지, 대형 출판사와 중소형 출판사의 책들이 어깨를 나란히 하고 누워 있는지를 특히 신경 쓴다. 돈을 받고 파는 매대가 아니라 전적으로 우리가 구성하는 매대이기에 이 점에 대해 이제 막 시작한 출판사나 비교적 규모가 작은 출판사에서 특히 고마워하신다. 서점에 온 손님들이 "대형서점에서 못 봤던 책들이 정말 많네요!"라고 이야기할 때면 '우리, 잘하고 있군!' 하며 서로 셀프 칭찬을 건네기도 한다.

작은 공간이다 보니 매대 밑도 그냥 놀릴 순 없다. 매대 밑 세 줄 중 위쪽 두 줄은 매대와 동일하게 기능한다. 매대 위의 책을 보다가 시선을 한 칸만 아래로 떨어트려도 '오, 이런 책도 있네!' 하는 발견이 가능하게끔 관심사가 확장될 수 있는 책들을 둔다. 맨 아랫줄은 별도의 창고가 없어서 재고 칸으로 활용하지만, 카테고리 표지가 없기에 책방에 오는 분들껜 여기 또한 큐레이션된 책장으로 인식될 터. 소홀히 할 수 없다. 최소한 진열이 뜬금없다는 느낌이 들지 않게끔 소설은 소설끼리, 인문은 인문끼리, 에세이는 에세이끼리 덩어리 짓는 방식으로 마지막까지 신경을 쓴다.

매대 위에서 말간 얼굴로 첫인사를 건네는 책들이 있다면, 책장엔 멋진 옆모습으로 우리를 기다리는 책들이 있다. 땡스북스 책장의 큰 특징은 분야를 나누는 별도의 표지가 없다는 점이다. 지금의 자리로 옮겨 오기 전에는 있었으나 이사 후엔 과감히 없앴다. 처음부터 단호히 결정한 건 아닌지라 이사 후에도 달아야 하나 몇 달을 고민했는데, 그러는 동안 땡스북스 손님들은 '알아서' 책장을 살펴보기 시작했다. 책장에 표지가 없는 걸 더 흥미로워하고, 시간을 들여 꼼꼼하게 살펴보면서 책과 운명적인 만남을 기대하는 '자만추'(자연스러운 만남 추구)파가 전보다 확연히 늘었다. 그 모습을 보고 있으니 표지가 없으면 없는 대로 괜찮지 않을까 하는 생각이 들었다. 대신 처음 오는 손님들이 너무 혼란스럽지 않게 모두가 납득할 수 있는 기본적인 분야 구분에 우리 시선을 더하여 쫀쫀한 흐름을 만들기로 의견을 모았다.

시작은 창가쪽 책장을 라이프스타일 분야 도서로 채워 책을 잘 읽지 않는 사람들도 일행을 기다리며 둘러볼 수 있게 했다. 일상과 밀접한 주제인 데다 텍스트보다 사진이나 여백이 조금 더 많다면 책의 세계로 가뿐하게 입장하는 사람이 한 명 더 늘지 않을까 하는 바람을 담은 전략이었다. 그렇게 시작한 책장은 에세이-소설-시-인문-사회-영화-음악-여행으로 이어지고, 디자인 분야는 책방 오른쪽 벽면 책장 전체를 사용하여 별도로 꾸려 두었다. 칸칸의 책장 또한 그 안에서 너무 흩어져 있지 않도록 비슷한 주제나 작가끼리 모았다.

흐름이 있는 진열을 비교적 수월히 해 낼 수 있게 된 건 특별 제작한 책장 덕분이다. 높이보다 가로 폭이 좁은

형태의 책장은 이기섭 대표님의 오랜 벗 민병걸 시각디자이너가 제작해 주신 조립식 책장인데, 필요한 높이로 얼마든지 조절이 가능하다. 이 책장을 만나기 전까지는 우리도 가로가 넓은 직사각형 책장을 썼는데, 그 가로 폭이 내 마음에서 어찌나 길어지던지 책장을 개편할 엄두를 잘 내지 못했고, 책이 옆으로 자주 쏟아져서 책을 빼고 넣는 것도 일이었다. 처음엔 '독특하다' 정도의 느낌이었던 책장은 쓰면 쓸수록 감탄스러웠다. 가로가 좁은 모양새 덕에 칸마다 주제를 나눠 책을 진열할 수 있었고 책장

을 더욱 자주, 가뿐히 개편할 수 있게 되었기 때문이다.

이 가뿐함이 조금씩 모여 용기가 될 때, 대대적인 책장 개편이 이루어진다. 말 그대로 책장의 전체 흐름을 통째로 바꾸는 일인데 짧게는 몇 시간, 길게는 며칠을 잡아야 한다. 전면적인 개편이 필요하다고 여길 때는 이런 때다. 첫째, 특정 카테고리 도서가 늘거나 줄었을 때. 둘째, 일하는 우리가 조금 지루하다 느낄 때. 셋째, 책장을 꼼꼼히 살펴보는 단골손님을 자주 만날 때. 특히 마지막 이유는 다른 이유보다 큰 자극이 된다. 땡스북스의 오랜 단골손님들 중에선 오직 책장으로 직진하여 (심지어 매대도 패스하고!) 샅샅이 훑어보는 분들이 계시는데, 절대 빈손으로 나가는 법이 없으며 방문 주기가 굉장히 짧다. 어제와 오늘이 크게 다르지 않은 책장에서 책을 '발굴'하는 기쁨을 누리는 것일까? 처음엔 반갑다가, 점차 신기하다가, 나중엔 조금 민망한데? 싶은 기분까지 도달하면 두 팔을 씩씩하게 걷어붙이곤 한다.

땡스북스의 책장과 매대는 이렇게 수시로 변화를 거듭한다. 정리를 하다 보면 판매도 판매지만 순전히 독자의 마음이 되어 읽는 즐거움, 발견하는 즐거움을 중시하게 된다. 다행히 그 마음을 알아봐 주고 재밌어 하는 분들이 많이 계신다. 일본의 대표적 책방지기인 야마시타 겐지가 쓴 『서점의 일생』(유유)에서는 '책방은 당대 사회를 편집해서 보여주는 곳'이라고 했다. 세상의 많은 모습, 가치관, 다양한 사회 문제, 시대상 등을 착실히 스크랩해서 보여 주는 게 책방인 것이다. 그러니 이 책방만의 스크랩이 재밌었고 그에 공감했다면, 또 몰랐던 책과의 새로운 만남이 반가웠다면 정말 어려운 상황이 아닌 이상 발견한 곳에서 책을 구매해 주시면 무척 힘이 날 것 같다. 그러면 우리는 신이 나서 어깨춤을 추며 또다시 사회를 편집하고, 들여다볼 만한 가치가 있는 스크랩북을 지치지도 않고서 몇 번이고 만들어 낼 수 있을 테니 말이다.

소정

매달 새로워지는 책방의 얼굴

이번 주에는 쇼윈도 전시를 새로 설치해야 한다. 설치는 영업 시작 두 시간 전인 오전 열 시에 시작하고 있어서 평소보다 일찍 출근해야 하니, 잊지 말고 미리 알람을 설정해 두어야겠다. 작년 연말을 멋지게 장식한 12월의 전시를 새해 첫 전시로 교체할 시간. 이번 전시는 책방을 또 어떤 분위기로 바꿔 줄까?

땡스북스는 처음 문을 연 2011년부터 지금까지, 거래하는 출판사 혹은 작가와 전시를 꾸려 왔다. 잔다리로에 책방이 있던 시절에는 내부 벽면을 활용해, 양화로로 이전한 후에는 쇼윈도 공간을 별도로 마련하여 전시를 선보이고 있다. 땡스북스의 전시는 아무것도 없던 초창기의 땡스북스를 믿고 책을 맡겨 준 출판사에 감사를 전하는 마음에서 시작했다. 그렇기에 별도의 비용 없이 내어 드리는 쇼윈도 공간에서 출판사는 신나게 책을 알리고, 독자들은 매달 책방의 새로운 얼굴을 만난다. 전시를 통해 우리는 더 많은 독자를 책방으로 초대할 수 있으니, 그야말로 윈윈의 공간인 셈.

쇼윈도 전시는 책과 독자의 만남을 위한 장치이자, 땡스북스라는 오프라인 책방을 방문하게 만드는 중요한 요소다. 이는 우리가 쇼윈도 공간을 단순히 홍보 매대의 개념이 아니라 전시라는 협업의 형태로 기획하고 운영하는 이유이기도 해서, 책의 내용을 반복해 보여 주기보다는 책을 입체적으로 경험하는 자리로 꾸리려 한다. 책을 둘러싼 볼거리가 다양하고 알차면 책은 더욱 매력적으로 다가오기 마련. 여기에 '이곳에서만 경험할 수 있는 것'이 추가되면 가장 좋다.

지금까지 어떤 전시들이 꾸려졌는지 살펴볼까? 바다출판사와 함께한 '조금 괴로운 당신에게 식물을 추천합니다' 전시에서는 임이랑 작가가 직접 분갈이한 식물을 전시하고 책과 함께 판매했다. 작가의 팬들은 물론, 식물에 관심이 있는 많은 독자들이 뜨거운 반응을 보였던 전시다. 헤엄출판사와의 '우리는 서로 다른 용기를 가지고 살아간다' 전시에서는 '코멘터리 북'을 만들어 독자들이 책에 밑줄을 긋고 말을 더하면 이슬아 작가가 이따금 들러 답을 다는 이벤트를 준비했다. 자기만의방 출판사와의 전시에서 처음 등장했던 코멘터리 북을 활용한 아이디어로, 만나지 않고서도 소통할 수 있어 독자와 작가 모두에게 반응이 좋았다. 이는 좋은 예가 되어 이후 다른 전시에서도 방명록, 설문지 등을 활용해 창작자와 독자가 생생한 피드백을 주고받는 자리를 마련했다. 전시를 위해 특별히 제작한 굿즈들을 판매하기도 했다. 특히 디자인 이음과 이고 작가가 함께한 '비비 온 더 테이블'BB on the table 전시에서는 메인 도서인 『나의 BB』의 외전을 담은 소책자와 다양한 굿즈를 따로 제작해 엄청난 판매고를 올리기도 했다.

때론 한 사람의 독자로 돌아가 평소 애정을 가지고 지켜보던 출판사나 작가, 책에 대해 궁금했던 것들을 전시로 풀어내기도 한다. 하우위아HOW WE ARE나 6699press와의 전시가 그랬는데, 평소 두 스태프가 무척 좋아하는 출판사인지라 출간 일정을 미리 확인하고 전시를 제안했다. 다행히 서로의 일정과 상황이 잘 맞아 적절한 시기에 전시를 진행할 수 있었고, 기획 단계에서도 팬심을 발휘해 아이디어를 잔뜩 제안하기도 하며 스태프로서도, 독자로서도 한껏 전시를 즐겼던 기억이 난다.

전시를 꾸릴 땐 매출이라는 상업적인 측면과 독자들의 새로운 경험이라는 문화적인 측면, 이 두 마리 토끼를 모두 잡으려 힘껏 고민한다. 독자들이 과연 어떤 것들을 궁금해할

6699press와의 전시 ‘서울의 공원’

고트와의 전시 ‘영화가 된 격언, 격언이 된 영화’

보틀프레스와의 전시 '너무 좋아요, 책 읽으며 와인 마시는 여름날.'

지, 땡스북스에서 진행했을 때 더욱 의미 있는 전시는 무엇일지 끊임없이 질문을 던진다. 이렇게 마음을 담아 전시를 준비할 땐 늘 '잘될 것 같다'며 두근두근 설레지만, 기대와는 다른 때도 있기 마련이다. 반응은 무척 좋았지만 판매로는 잘 이어지지 않아 아픈 손가락으로 남은 전시도 있다. 하지만 다행히도 대부분은 우리가 고심한 두 측면이 잘 맞아서 전시에 대한 반응이 좋은 매출로까지 이어지고 있다.

새 전시를 설치할 때면 현관을 리모델링하는 기분이다. 새해를 맞아 여성 시인들의 시집과 시의 문장들을 늘어 두었다가, 다음 달에는 봄의 설렘을 담아 귀여운 만화 주인공이 탄생하는 작가의 책상을 재현해 둔다. 초여름에는 식물이 가득한 미니 식물원으로, 연말에는 선물 꾸러미가 잔뜩 쌓인 설레는 풍경으로 꾸미기도 한다. 손님들은 어떤 모습으로 땡스북스를 기억하고 계실까? 여전히 보여 주고픈 모습이 많으니, '다음 달엔 또 어떤 전시가 펼쳐지려나' 기대하며 땡스북스에 들러 주시면 좋겠다. 우린 매달 새 얼굴로 당신을 기다리고 있을 테니!

2월

정승

여기 있는 책들은 어떻게 들여오는 거예요?

『책 파는 법』(유유)에 따르면 우리나라에서는 1년에 8만 권, 일주일에 1,500여 권의 신간이 출간된다고 한다. 땡스북스는 신구간 합쳐 약 8,000권 정도를 확보하고 있으니 개중에서도 선별에 선별을 거쳐 들여오는 셈이다. 이 책들은 과연 어떤 기준을 통과해 땡스북스에 오게 된 걸까?

땡스북스만의 도서 선별 기준은 크게 세 가지다.

첫째, 겉과 속이 같은 책을 들인다.

말 그대로 표지와 내용이 얼마나 일치하는지를 중요하게 여기는 건데, 유려한 표지에 비해 내실이 없거나 표지가 보여 주는 내용이 실제 내용과 너무 다른 경우엔 입고를 지양하고 있다. 반대로 내실은 알찬데 표지가 아쉬운 경우도 마찬가지다. 표지란 책의 내용을 디자인으로써 압축한 것이기에 한 권의 책이 하나의 이미지로 잘 정리되는지를 판단할 수 있는 중요한 척도라고 생각한다. 그 자체로 하나의 작품이기도 하고. 이처럼 겉과 속이 같으면서도 표지가 예쁜 책은 그것만으로도 책 가까이로 사람을 부른다. 책을 잘 읽지 않더라도 물성의 아름다움만으로도 기꺼이 살 수 있는 것이다. 그러다 보면 집에 놓인 책을 가만히 바라보다가 한번 들춰 볼 수도 있는 거고, 그렇게 독서 인구가 한 명 늘어나지 않을까.

둘째, 출판 사업자 등록을 하지 않은 독립출판물은 입고하지 않는다.

땡스북스는 처음부터 기성출판물 중에서 양질의 도서를 선별해 판매하는 서점을 지향했다. 엇? 땡북에서 독립출판물을 본 적 있는데? 하시는 분들은 전시와 연계하여 단발성으로 입고됐을 때 우연히 만난 것일 테다. 가까운 곳에 독립출판물을 판매하는 유어마인드가 있었기에 관련 문의가 들어올 때면 유어마인드를 소개했다. 우리에겐 없는 책이지만 근처 다른 책방엔 그 책이 있을 거라고 안내할 때면 속으로 감탄하곤 했다. '몇 분 거리마다 다른 책방이 있는 동네라니, 그곳엔 또 다른 책들이 모였다니!' 하면서 말이다.

셋째, 동네 주민분들과 우리가 관심 있는 내용인지 살핀다.

땡스북스는 '동네서점'이다. 여기서의 동네는 홍대 앞으로, 개성 넘치는 창작자들이 숨 쉬는 곳이다. 출판사, 라이브클럽, 소규모 공방 등이 골목 곳곳에 있고 오래전부터 홍대 미대생을 비롯, 예술을 업으로 삼은 이들이 자리 잡고 있다. 가장 빠르게 변화하는 곳이자 그런 변화에 관대한 곳, 글로벌하고 젊은 목소리들이 곧잘 모이는 곳. 우리는 홍대를 기반으로 삶을 꾸려가는 이들이 어떤 사회적 이슈나 분야에 관심 있는지 면밀히 살피며 책을 들인다. 예를 들면 영화나 음악, 디자인, 환경, 젠더 관련된 책. 이 책들의 판매는 웬만해선 예상과 크게 어긋나지 않는다. 반면 4인 가족 이야기를 다룬 책이라든가 육아, 공직 또는 대기업 생활 관련 책들은 잘 판매되지 않는다. 이렇듯 판매되는 책도 동네 특성에 따라 완전히 달라지기에 그런 흐름을 잘 파악해서 책을 고르는 게 우리의 일이다.

하지만 무엇보다 우리의 관심이 중요하다. 관심이 있어야 팔 힘이 나고 책에 대해 명료하게 설명할 수 있다. 명색이 책을 선별하여 들여오는 곳에서 누군가의 질문에 "어… 음…" 하면서 머리를 긁적일 순 없는 것이다. 매번 다 읽진 못하더라도 전반적인 내용은 반드시 파악하고 있는데, 그러려면 관심 있는 분야의 책이 좋다. 자연히 책을 더 재미있게 알리고 많이 팔 방법을 궁리하게 된다.

이 외에도 몇 가지 기준이 더 있다. 땡스북스는 모든 거래처와 위탁 직거래를 하기에 도서 한 종으로는 거래를 잘 시작하지 않는다. 판매나 주문 빈도, 재고 관리 등이 서로 원하는 만큼 이뤄지지 않기 때문이다. 가령 이런 것이다. 도서 1종을 10권 주문해서 다 팔았는데 판매 속도를 보아하니 다음 주문은 3권을 해야 할 것 같다. → 택배로 보내 주시는데 3권으로 택배를 요청하기엔 미안하다. → 주문을 미뤄 둔다. → 정산 금액도 점점 줄어든다. → 거래가 끊긴다.

이 멋쩍고 민망한 상황을 최대한 방지하고자 한 출판사에서 출간한 책들 중 우리와 맞는 책이 2~3종 정도 있으면 그때 거래를 시작하는 편이다. 아이러니한 건 그래서 놓친 책도 꽤 된다는 점이다. 한 출판사에서 멋지게 첫 책을 냈고 나도 독자로서 그 책을 정말 기다렸기에 당장 받아서 판매하고 싶은데, 앞서 거절했던 수많은 곳이 스쳐 지나간다. 솔직히 가끔은 취향으로 운영되는 공간인데 왜 포기해야 하나 하는 생각이 안 들었다면 거짓말이다. 하지만 거래에서는, 특히나 거절에 있어선 최대한 객관적이고 공정해야 한다고 생각하기도 하고, 또 세상에 비밀은 없으므로 눈물을 머금고 다음을 기약할 때가 많다.

때문에 내가 찾는 책이 땡스북스에 없는 경우는 단순하다. 직거래처가 아니기 때문이다. 물론 명확한 판단 기준으로 입고가 반려된 도서도 있지만 대개는 이 이유 말고 없다. 땡스북스가 어떤 책의 가치를 몰라봐서라기보다는, 책방과 출판사 간의 직거래 조건이 맞지 않아 좋은 책인 걸 알면서도 받지 못하는 경우다. 아쉬움이 차곡차곡 쌓이면 입점 제안을 우리가 먼저 하기도 하고, 그마저도 어려울 경우엔 땡스북스에 입고된 책들을 더 살뜰히 돌보자는 생각으로 임하고 있다.

선별되는 도서는 일하는 사람이 누구냐에 따라 조금씩 바뀌기도 한다. 들여오는 책에는 일하는 사람의 개성과 가치관, 관심이 투명하게 반영되기에 가장 흥미로우면서도 엄숙해지는 지점이다. 땡스북스를 현재 자리로 옮겨오면서 나는 몇 년 동안 묵혀 두었던 나의 야심(!)을 대차게 공개했다. 인문사회 분야 도서와 동물권 및 채식, 한국 소설을 대폭 늘린 것이다. 반면 내가 잘 모르는 그림책은 슬쩍 줄였다. 이처럼 땡스북스의 직원들은 기존의 색을 흩뜨리지 않으면서도 일하는 자신의 색을 조금씩 섞는다.

도서 선별이란 '저는 이 책을 추천합니다'라는 행위이다 보니, 어쩔 수 없이 나라는 사람이 고스란히 드러난다. 그렇기에 일을 하면 할수록 '나부터 좋은 사람이 되어야 좋은 책을 들여올 수 있겠구나'라고 생각하게 된다. 타인에게 상냥한 관심을 가지고, 사회 문제엔 예리한 시선을 벼리며 내가 가지고 있는 편견은 기꺼이 깨부수려는 노력. 이런 노력이 책방이라는 공간과 그 안의 책들을 통해 발산되는 것 아닐까.

그리고 마지막 기준은 오래 일한 사람으로서의 '감'이다. 한 업계나 공간에 오래 몸담은 시간은 절대로 무시할 수 없다. 그렇기에 〈생활의 달인〉이라는 프로그램도 있고 '장인'이라는 단어도 있는 것일 테다.

나와 소정 님은 수년 째 책을 판매해 온 감각과 수십 년 간 읽어 온 독자로서 쌓아온 감을 잘 섞어 책방을 꾸려 가는데, 그 감은 대체로 크게 어긋나지 않는다. 감은 더 쉽게 말하면 '촉'인데, 분명히 존재함에도 불구하고 누군가에게 설명하려면 '아, 왜 알잖아'가 되어 버리는 어떤 것이다.

그래서일까? 타인으로부터 가장 존중받지 못한 부분이기도 했다. 자신의 노력만 소중하고 상대의 오랜 노력은 조금도 존중할 줄 모르는 이들이 있었다. 입고 문의를 해 올 땐 오래전부터 좋아하는 책방이라며 땡스북스를 응원한다는 말을 건네다가 거절당하자 특정 출판사랑 담합을 한다는 둥, 이름 있는 출판사의 책만 받는다는 둥, 응당 망해야 한다는 둥의 SNS 저격글을 받은 적도 있고(태어나서 처음으로 이성의 끈이 끊기는 느낌을 받았다) 땡스북스의 색이 뭐냐며 종일 수십 통이나 전화해 고래고래 악을 쓰는 사람도 있었다. (정말로 그렇게 악을 쓰다가 졸도하는 건 아닌지 걱정될 정도였다.) 우리가 출판사의 규모나 인지도와 상관없이 양질의 책을 알리고 판매하기 위해 수년간 노력했던 걸 전혀 알지도 못하면서, 알려고 하지도 않은 채 사실이 아닌 말들을 쏟아

냈다. 이 소중한 지면을 빌려 말하자면, 땡스북스에 입고 문의를 해 주신 분들에게 매번 100퍼센트 납득되는 이유를 제시하진 못했어도 부끄러운 일을 한 적은 없다.

땡스북스를 오랫동안 좋아해 준 사람들의 태도엔 기본적으로 존중이 배어 있다. 본인이 출판 관계자로서 만든 책이 이 책방에 들어와 있건 아니건 간에 조용히, 오랜 시간 들르다 나중에서야 정체를 슬쩍 밝히는 경우가 다반사다. 책은 만드는 사람을 꼭 닮기도 하는 신기한 물건인지라, 그런 사람들이 만든 책은 당연히 좋았음은 두말하면 입 아픈 일이다. 우리 또한 한 가지 목표가 있다. 땡스북스가 자신의 책을 받으면 좋은 곳이고, 아니면 별로인 곳이 아니라 "우리 책은 아직 없지만, 저긴 진짜 괜찮은 곳이지. 독자로서 정말 좋아."라고 생각하는 사람들을 한 명이라도 더 늘리는 것이다.

그리고 입고 문의를 하시는 분들께도 문의에 너무 많은 마음을 쓰지 마시라 당부하고 싶다. 사람이 하는 일이다 보니 누락이나 실수도 있고, 당시엔 관심사가 아니었던 것에 후엔 천착하게 되기도 한다. 정해진 답은 없다. 좋은 책은 마를 줄 모르고, 독립출판과 기성출판의 경계가 흐려지고 있는 것 또한 재밌으면서도 깊이 고민해야 하는 지점이기도 하다. 앞으로도 땡스북스의 입고 기준은 조금씩 바뀌어 나갈 것이다. 지금까지 그래 왔듯이 앞으로도 더 좋은 쪽으로 나아가리라 믿는다.

소정

여기서만 볼 수 있는

종종 책방을 찾는 분들에게서 이런 질문을 받는다. '여기서만 볼 수 있는 책은 뭐예요?' 땡스북스는 기성출판물 중에서 골라 들여오고 있으니 사실 '이곳에서만 볼 수 있는 책'이 따로 있는 건 아니다. 대신 우리는 손님들이 '발견'하는 즐거움을 느끼도록 노력한다. 있는지도 몰랐던 책을, 좋아하는지도 몰랐던 취향을 발견하는 즐거움을 느낄 수 있게 우리만의 기준으로 책을 고르고, 흐름을 고민해 진열한다. 좀 더 적극적으로는 땡스북스 자체 코너를 통해 책을 소개하는데, 이 코너들이야말로 '이곳에서만 볼 수 있는' 것들이다. 땡스북스에 와 본 적 있다면 이름은 몰라도 한 번쯤 마주쳤을 그 코너들을 소개한다.

먼저, 땡스북스의 문을 열고 들어오면 책방을 가로지르

는 바 테이블 한가운데 놓인 책 한 권을 만날 수 있다. 책방 스태프들이 돌아가며 한 권의 책을 선정해 리뷰를 쓰는 〈땡스북스 금주의 책〉 코너다. 쇼윈도 전시가 제작자의 입장에서 책을 적극적으로 소개하는 자리라면, 금주의 책은 서점원이자 한 명의 독자로서 사심을 담아 책을 소개하는 코너라고 할 수 있다. 기본적으로는 책방에 입고되는 책 중에서 마음에 오래 남은 책을 골라 리뷰를 쓰지만, 이 코너의 숨겨진 목적 중 하나는 '좋은 책인데, 생각보다 반응이 없네?' 하는 구간을 다시 알리는 데 있다. 한마디로 '끌올'(끌어올리기)인 셈. 하여 이미 많은 사랑을 받고 있는 책보다는 우리가 조금만 건드려 주면 톡! 하고 판매가 터질 것 같은 책을 주로 선정하고 있다.

아무래도 스태프들의 사심 가득한 코너여서인지 각자 자신의 차례가 오면 다른 때보다도 더 바 테이블 한가운데를 신경 쓴다. 손님이 오래 머무르며 찬찬히 리뷰를 읽으면 반갑고, 옆에 놓인 책을 들춰 보면 설레고, 그 책을 들고 카운터로 와서 계산을 마친 후 서점을 나설 때면 환희에 찬다. 어쩐지 이분들과 친구가 될 수 있을 것도 같다. 그리고 다시 한번 소개의 힘을 느낀다. 이 점이 금주의 책 선정에 책임감을 더해 주고 열과 성을 다하게 하는 동력이 된다. 이 기쁨도 잠시, 다가오는 순서를 안내받는 이들의 표정은 조금씩 어두워진다. "벌써 제 차롄가요? 시간 참 빠르네요…." 그렇게 쓰인 리뷰는 매주 금요일 땡스북스 홈페이지와 SNS를 통해 업로드하고, 오프라인에는 출력해 진열하고 있다. SNS에 업로드를 하고 나면 출판사나 작가분께서 기뻐하며 연락을 주기도 한다. 때로 홈페이지를 보시고선 콕 짚어 금주의 책 도서들만 모아 사 가시는 손님들을 만날 때면 더없이 뿌듯하고 기쁘다.

매대를 둘러보면 책에 끼워진 노란 쪽지들이 있다. 정해진 주기는 없지만 가장 자주 업데이트되는 코너이자, 땡스북스에 처음 오시는 분들이 즉각적으로 반응을 보이는 〈땡스, 페이퍼!〉다. 스태프들이 해당 책을 읽고 마음에 남았던 짧은 감상을 적고 있는데, '금주의 책'보다는 짧고 자유로운 형식이라 작성하는 부담도 조금은 덜하다. 2017년에 만들어진 이 코너는 순전히 정승 님의 목마름에서 시작된 일이었다. 땡스북스는 늘 정제된 글로 책을 소개하다 보니, 친구에게 소개하듯 글을 쓰고 싶었다고. 종종 사라지는 쪽지와(기념하려는 목적일까?) 책을 구매하며 "이건 안 주시나요?" 하고 묻는 분들을 마주하면 역시 이런 손길을 좋아해 주시는구나, 싶다.

매대를 채우는 이 노란 쪽지들은 있을 땐 잘 모르지만, 그 수가 줄어들면 단번에 티가 난다. 〈땡스, 페이퍼!〉는 대개 정승 님과 나 둘이서 거의 작성하고 있다. 그 말인즉슨 노란 쪽지들을 유지하기 위해선 둘이 꾸준히 신간을 읽고 페이퍼를 작성해야 한다는 뜻이다. 때론 '참 좋은데 뭐라 할 말이 없네' 싶은 경우도 있고, 가끔은 너무 좋아서 '내가 적은 이 말이 과연 이 책의 매력을 다 전할 수 있을까? 오히려 왜곡할 가능성이 있진 않을까?' 하며 고민할 때도 있다. 이런저런 고민 탓에 조금씩 늦어진다고 변명 아닌 변명을 하려던 차, 휴일을 보내고 출근한 내 눈 앞에 새로 꽂혀 있는 페이퍼가 보인다. 그리고 정승 님의 한 마디. "저 땡페 썼어요. 부담은 갖지 마세요." 이런, 어깨가 무거워진다.

더 많은 책을 소개하기 위해 두 사람은 되도록 겹치지 않게 책을 읽는다. 함께 기다렸던 신간일 경우 먼저 읽을 수 있는 사람에게 양보하기도 한다. "소정 님, 이거 읽으실 거예요?" "아뇨, 어제 다른 책 사서… 먼저 읽으세요." 쓰기 전까지는 이런저런 고민이 많지만 노란 쪽지들로 매대를 제법 채웠을 때의 뿌듯함과 그걸 알아봐 주는 분들이 있을 때의 기쁨이란! "여기 적힌 글귀가 좋아서 골랐어요." 하는 말을 듣고 나면 역시 쓰길 잘했다 싶다. 그렇지만 또 신간이 들어오고, 매대 위 책들이 바뀌고 노란 종이들이 듬성듬성 줄어들고 나면…. 마포구의 시시포스란 우리 둘을 두고 하는 말이 아닐까.

마지막으로 〈땡스, 초이스!〉와 〈금주의 땡스, 북스!〉를 살펴보자. 〈땡스, 초이스!〉는 하나의 주제를 정하여 큐레이션한 6~8권의 책을 소개하는 코너로, 계절과 사회 이슈 등을 고려하여 구간부터 신간까지 최대한 다양한 분야의 도서를

취 향
우리말
사전
GRAPHIC

소개한다. 하지만 '이거 해 볼까?' 싶으면 몇 년 전에 했던 주제일 때도 많고, 신간이 자주 나오지 않는 분야라면 도서 종수를 채우는 것부터 어려울 때도 있다. 그래도 이렇게 고민하고 탐색하는 시간이 큐레이션 훈련 과정이 아닐까. 책방을 옮긴 후에는 〈땡스, 초이스!〉를 위한 공간을 마련하기 어려울 때가 종종 있어 업데이트 주기가 조금 들쑥날쑥해졌지만, 살짝 힘을 빼고서 꾸준히, 오래오래 해 나가자고 다짐했다.

〈금주의 땡스, 북스!〉는 땡스북스만의 베스트셀러 코너다. 한 주간 가장 많은 사랑을 받았던 예닐곱 권을 판매량순이 아닌 판형순으로 정리해 소개한다. 판형이 작은 책에서 큰 책으로, 때론 반대로 차례차례 놓인 모습이 안정감을 준다. 코너 안에서 순위를 매기지 않는다는 점과 함께 놓였을 때의 미감까지 고려한다는 점. 이런 부분이 참 땡북스럽지 않나 싶다.

이 다채로운 코너들의 목적은 오직 하나. '우리가 소개하고 판매하는 책이 더 많은 독자에게 제대로 가닿았으면 하는 마음'이다. '여기서만 볼 수 있는 책'은 없지만, '여기서 알게 된 책'이라는 말은 많이 듣고 싶다. 이럴 때면 어떤 중개인이 된 기분이다. 보다 높은 성사율을 자랑하는 중개인이 될 수 있도록 부단히 안목을 길러야지. 원하는 책은 물론, '원하는지도 몰랐던 책'을 더욱 많이 만날 수 있도록 잘 주선해야겠다.

서점 일, 좋아하세요?

소정

지금은 누가 물어도 '여기서 일 안 했으면 어쩔 뻔했나 싶을 정도로 땡북에서 일하는 거 너무 좋다!' 하고 외치지만, 처음부터 서점원이 되겠다고 마음먹었던 건 아니다.

무언갈 좋아하면 그 언저리를 맴돌고 싶어 하는 나는, 일도 좋아하는 것 주변을 벗어나지 않길 바랐다. 책도 그중 하나다. 책이 좋아서, 책을 쓰고 만들고 알리는 사람들이 좋아서 그 주위를 맴돌았다. 어렸을 땐 엄마를 따라 서점 구경을 다녔고, 종로 인근에 위치한 중고등학교에 다닐 때는 하교 후 혼자서 때론 친구들과 광화문 교보문고며 종각 영풍문고, 반디앤루니스에서 자주 시간을 보냈다. 대학생이 되고 '독립서점'이라는 이름으로 생겨난 작은 책방들이 곳곳에 있다는 걸 알게 되면서부터는 이 동네 저 동네로 책방을 찾아다녔다. 어렸을 때 도서관에서 하는 행사 정도만 가 본 나는 이십 대 초반에 북토크의 세계에 눈을 뜨면서 대규모 강연부터 작은 책방의 대여섯 명 남짓 모인 행사까지 열심히 찾아다녔다. 졸업 후에도 책 언저리에서 일하고 싶다는 막연한 생각은 이어졌고, 취업을 고민할 때 땡스북스 정직원 채용 공고를 발견했다. 이번엔 놓쳐선 안 되겠다는 마음으로 정성껏 빈칸을 채워 나갔던 기억이 생생하다.

지원서를 쓰며 고민했던 걸 3년 차 서점원이 되어 다시 생각해 본다. 난 왜 이 일을 하고 싶었을까, 왜 여기서 일하고 싶었을까. '언저리'라는 말을 다시 소환해 본다. 내가 좋아하는 건 책 자체도 있지만 어쩌면 이 책을 쓰고 만들고 읽는, 이를 둘러싼 사람들까지가 아닐까? 작가, 디자이너, 편집자, 마케터, 독자 그리고 이들을 책이 있는 공간에서 만나게 해 주는 서점원을 비롯한 '사람들' 말이다. 그렇다면 이 중 난 무엇이 되고 싶고 또 무엇을 잘할 수 있을지 생각했다. 물론 첫째는 독자였고 그다음으로 편집자나 마케터를 생각해 보았지만 서점원이 되려고 한 데는 공간과 현장이 주는 매력이 크게 한몫했다.

스물셋의 나를 떠올린다. 시사회에 당첨되어 처음

으로 독립영화를 본 어느 날. 상영 후 이어진 관객과의 대화라는 행사를 경험한 이후 나는 독립영화와 작은 영화관에 푹 빠졌다. 이후 영화관을 맴돌다가 우연히 영화제에 참여하게 되었고, 뒤늦게 그 맛에 중독된 나는 그해 크고 작은 영화제들을 미친 듯이 찾아다녔다. 이듬해에는 휴학하고서 영화제 자원활동가로 한 해를 보냈고, 졸업을 앞두고는 한 영화제의 스태프로 잠시 일했다. 돌이켜보면 사실 내가 가장 좋아했던 건 영화보다도 축제가 열리는 공간과 현장의 분위기였던 것 같다. 영화제에 가면 관객부터 스태프, 배우들이 한데 모여 영화라는 대상을 향해 저마다의 뜨거운 사랑을 보내는 걸 확인할 수 있었다. 나 역시 그곳에서 뜨거운 응원을 보내다가, 한 발짝 떨어져 그들을 지켜보기도 했다. 사람들이 무언가를 향해 사랑을 뿜어내는 장면을 보니 모두가 그 현장을 더욱 아름답게 기억할 수 있도록 그 자리를 꾸리는 사람이 되고 싶어졌다. 한번 스태프로 일하고 나니 관객으로 찾았을 때의 설렘을 온전히 느끼긴 어렵게 되었지만, 그 열기가 주는 에너지만큼은 여전히 잊지 못한다.

자, 이제 영화관의 자리에 책방을 넣어 본다. 다른 듯하지만 꽤 닮은 것도 같다. 각기 다른 방향에서 온 사람들이 책이라는 한곳으로 모인다는 점이, 자기만의 방식으로 그를 즐기고 사랑한다는 점이 말이다. 평소엔 조용히 작품을 즐기다가, 종종 행사가 있는 날이면 애정 가득한 말들이 이리저리 오가는 모습도 똑 닮았다. 영화관이 왁자지껄한 목소리로 가득 찰 때, 책방은 조용한 열기로 가득하다. 객석 맨 뒷자리에, 때론 상영관 문 뒤에 있던 나는 이제 카운터 뒤에서 그 모습을 흐뭇하게 바라본다. 영화제에 관객으로 갔을 땐 몰랐던 숨겨진 움직임들이 있듯, 이제는 땡스북스만의 차분하고 정돈된 분위기가 단박에 뿅 하고 나오는 것이 아님을 잘 안다. 그래서 이 공간이 더욱 소중하다는 것도. 지금은 이 공간을 꾸려 가는 즐거움까지 하나 더 알게 되어 정말 감사한 마음이다.

좋아하는 걸 일로 하게 되면 전처럼 즐기지 못하고 어쩌면 싫어하게 될 수도 있다는 얘기를 많이 들었다. 나 역시도 그렇게 생각하며 걱정하기도 했다. 하지만 이제는 그게 두렵기보단 내가 좋아하는 이 일을 어떻게 하면 더 잘할 수 있을지가 더 고민이다. 물론 쉽지 않고 좌절할 때도 있지만 이 모든 과정이 결국 나의 '좋아하는 마음'을 더 단단하게, 더 커지게 한다고 생각하면 금방 다시 힘을 낼 수 있다. 이렇게 쓰고 보니 내가 정말 이 일을 좋아하긴 하나 보다. 서점 일, 좋아하냐고요? 이 질문에 이젠 자신 있게 답할 수 있다.

“정말 좋아합니다. 거짓이 아니라고요.”(만화 『슬램덩크』 속 강백호 대사 중)

3월

정승

2011년 3월과 2021년 3월

좋아하는 책을 읽는 기쁨도 크지만,

좋아하는 책을 편안한 공간에서 고르는 기쁨도 큽니다.

땡스북스는 2011년 3월 오픈하여 올해로 10년째 홍대 앞에 자리한 큐레이션 서점입니다.

홍대 앞이라는 특성을 고려해 분야별 주목할 만한 책들을 선별하고 있으며, 한 달에 한 번 출판사와 함께 주제가 있는 기획 전시 및 〈금주의 책〉〈땡스, 초이스〉 등 다양한 코너를 통해 겉과 속이 같은 책, 디자인과 콘텐츠가 잘 어우러지는 책을 소개합니다. 홍대 앞을 좋아하는 이들에게 사랑방 역할을 하며 동네 사람들과 함께 성장한다는 목표를 가지고 있습니다.
땡스북스를 방문하는 사람들이 책과 우연한 만남을 통해 일상 속 작은 기쁨을 누릴 수 있길 희망합니다.

위 글은 땡스북스 홈페이지에서 만날 수 있는 책방 소개문이다. 매년 3월이면 3월만이 줄 수 있는 설렘과 막막함, 새 출발 등에 둘러싸여 일하다가 문득 10년 전 봄을 상상해 보곤 한다. 10년 전 이맘때 문을 연 땡스북스. 그곳엔 이기섭 대표님, 김욱 실장님, 최혜영 점장님이 있다. 작은 책방이 첫 발을 내디딘 날. 한껏 고조된 얼굴과 축하 받는 얼굴들. 그곳에 놓인 책들… 그런 풍경을 떠올리면 순식간에 마음이 몽글몽글해진다.

땡스북스의 시작은 몹시 우연이었다. 대표님의 클라이언트이자 건물주였던 분이 카페로 쓰던 1층 공간의 컨설팅을 부탁했는데, 홍대 출신인 대표님은 당시 홍대 앞 서점이 대부분 사라진 것이 너무나 안타까웠던 차라 서점을 제안했다고 한다. 그러자 건물주는 쉽지 않겠다며 '임대료를 싸게 줄 테니 직접 해 보라'며 역으로 제안했다고. 그 제안에 '딱 1년만 해 보자. 안 되면 인생 수업료를 크게 지불했다고 생각하자'고 결심한 게 2011년 2월 이었다.

별안간 서점 대표가 될 준비를 하다 보니 '나는 왜 서점을 하려는 것인가?'라는 질문을 스스로에게 던졌는데, 결국은 책에 대한 고마움 때문이었다고 한다. 책이 보여 준 세상이 고마웠고, 그 즐거움을 누군가와 함께 나누고 싶었다고. 어학연수 당시 이방인으로 많은 시간을 보냈던 뉴욕의 반스앤노블과 개인적으로 아끼는 교토의 케이분샤 서점을 참고하여 책을 읽는 풍경이 풍요롭고 일상적이길 바라는 마음을 담았다. 그리하여 원래 자리에 있던 카페 일부분을 살리고 책방 위아래에 있는 갤러리 공간의 운영을 맡아 책과 커피, 갤러리가 함께 있는 땡스북스가 생겨났다.

갑작스러운 창업이었기에 가지고 있는 돈을 최대한 효율적으로 사용해야 했다. 카페 관련 집기는 기존 카페의 것을 이어받았고 땡스북스의 디자인 요소는 그래픽 디자이너라는 본업을 살려 직접 맡았다. 가장 중요한 책장은 당시 오프라인 쇼룸이 없던 가구 브랜드 바이헤이데이에 연락해 우리가 쇼룸 역할을 맡겠다고 했다고. 흔쾌히 손을 잡아준 바이헤이데이 덕에 땡스북스는 튼튼

한 책장과 안락한 소파로 멋진 책방을 꾸릴 수 있었다. 이후 땡스북스가 자리를 옮기기 전까지, 책을 사러 왔다가 가구를 사거나 가구를 보러 왔다가 책을 잔뜩 구매하는 분 등 경계가 허물어진 재미난 소비의 풍경을 만날 수 있었다.

땡스북스의 첫날부터 2017년 봄까지 점장으로 일했던 혜영 선배에게서 듣는 오픈하던 날 풍경은 들을 때마다 질리지도 않고 웃음이 난다. 대학 졸업반이던 혜영 선배는 북디자인을 본격적으로 배우려고 서울에 올라와 상상마당에서 열린 대표님의 수업을 듣던 학생이었다. 어느 날, "혜영, 3월 25일에 서점 문을 여는데 와서 샌드위치나 먹고 가. 놀러 와." 하신 대표님의 말에 인사드리러 갔다가 갑자기 벽에 붙은 접착제를 떼고, 갑자기 책 노끈을 풀어 진열하고, 또 갑자기 커피 잔 설거지를 돕고… 정신 차려 보니 하루가 끝나 있었다나. 집에 갈 땐 읽고 싶은 책을 마음껏 고르라고 하셔서 한껏 고른 뒤 이제는 사라진 홍대 앞 떡볶이 가게로 향했다고 한다. 땡스북스에 책을 내어 준 출판사 여섯 곳의 관계자분들이 오셔서 축하 인사를 건네고, 매대에는 책들이 사회적 거리두기를 심하게 하고 있었다는 대목은 언제 들어도 웃음이 터지고야 만다. 하지만 그곳에 놓인 책들 한 권 한 권이 도서관에서는 본 적 없어서 이렇게 읽고 싶게 생긴 책들이 있구나, 서점이 이렇게 생길 수도 있구나, 싶어 신세계가 열린 느낌이었다고 말할 때엔 나 또한 똑같이 느꼈던 감정이라 괜히 기분이 이상해진다. 대표님으로부터 함께 일해 줄 수 있겠냐는 제안을 정식으로 받아 입사한 뒤엔 책방 구석구석에서 괜히 책 읽는 자세를 잡아 보며 말 없는 호객 행위를 많이도 했다고. 정말 그런 게, 땡스북스의 매출 기록표를 보면 이곳이 자리를 잡았다고 느낄 수 있는 건 2013년 즈음부터이니 꼬박 2년 동안은 귀여운 호객 행위를 한 셈이다. 그 2년이 5년으로 늘고 10년이 되기까지 일관되게 지켜온 것들이 있다.

첫째, 땡스북스라는 책방의 고유성을 지킬 것.

기성출판물은 어디서나 파는 상품이기에 땡스북스에서만 볼 수 있는 것은 아니다. 그렇다면 사람들이 땡스북스에서 책을 사야만 하는 이유는 어떻게 만들어야 할까? 홍대 앞 사람들은 무엇을 궁금해할까? 우리는 이 동네에서 어떤 일을 할 수 있을까? 이 질문에 대한 답으로 우리는 홍대 앞을 기반으로 활동하는 창작자 및 공방, 잡화 브랜드의 상품을 우선적으로 받아 판매했다. 그렇게 모인 잡화는 근처 꽃집의 꽃, 홍대를 기반으로 활동하는 아티스트들의 음반, 땡스북스에 자주 오는 분이 만든 노트, 가죽 공방의 각종 상품 등이었고 책과 잘 어우러지도록 함께 진열했다. 지금은 홍대라는 지역이 무척 커지기도 해서 완벽하게 선을 긋지는 않지만 여전히 홍대 앞에서 활동하는 이들의 창작물은 열린 마음으로 살펴보고 있다. 비슷한 맥락에서 책과 무관한 상품들, 가령 휴대폰 케이스나 액세서리는 판매하지 않는다.

책방의 고유성을 중시하는 대표님의 마음가짐은 다른 책방을 만들 때도 반영되었다. 2016년에는 압구정 도산공원 근처 퀸마마마켓에 파크PARRK를, 2017년에는 건대 입구 커먼그라운드에 인덱스index를 열었는데, 두 곳 모두 동업자분들과 함께 동네와 어우러지면서도 특색 있는 공간으로 꾸리자고 마음 모았다. 파크는 포스트포에틱스POST POETICS와 협업하여 외서와 국내서를 한 곳에서 볼 수 있는 책방으로 만들었고(2019년 10월에 폐점했다) 인덱스는 출판사 프로파간다, 글자연구소와 의기투합하여 그곳만의 색을 만들었다.

둘째, 단순하고 직관적일 것.

홍대 앞이었기에 가능했던 이름 '땡스북스'는 외국

퀸마마마켓에 위치했던 파크PARRK

커먼그라운드에 위치한 인덱스index

여행객이 붐비는 동네에서의 책방 역할에 대해 고민한 결과였다. 뿌리는 동네에 내리되 가지는 세계를 향할 것. 땡스와 북스라는 단어만 알면 '고마워, 책들아'라는 뜻을 바로 알 수 있다는 점도 좋았다. 개성이 뚜렷한 홍대에서 편안한 공간이길 바라는 마음을 담아 대표색은 노랑. 쉬운 이름과 따뜻한 노란색으로 이 곳이 책방임을 누구나 알 수 있게 한 것이다.

땡스북스에서 쓰는 모든 소개글도 마찬가지다. 나는 글을 쓸 때 감정을 아끼지 않고 담아 내는 사람이라 일하는 초반에는 정말 애를 먹었다. 쓴 글에서 덜어 내고, 덜어 내고, 또 덜어 내는 일은 글을 밋밋하게 만드는 게 아닌 오해 없이 읽히도록 담백하게 다듬는 과정이었다. 지금도 땡스북스와 관련한 큰 공지나 메일은 대표님까지 함께 읽고서 정리한다. 언제나 한결같이, 들뜨지도 처지지도 않으면서 정확한 내용을 정갈하게 정리한 글은 책방의 신뢰도와 직결되는 아주 중요한 요소이기도 하다.

셋째, 디테일까지 신경 쓸 것.

땡스북스는 도서 소개나 책방에서 열리는 이벤트를 안내할 때 자체 제작한 POP를 사용한다. 노란 종이에 공간체를 사용한 POP가 공간에 주는 통일감은 어마어마한데, 나는 여기서 일하고 나서야 시각적으로 편안한 공간에 얼마나 끊임없이 자잘한 노력이 들어가는지를 처음 알았다. 그리고 그것이 한 브랜드를 구체적으로 감각하게끔 도와준다는 것도 처음 알았고.

나는 집기를 포함한 상품의 진열부터 책 봉투와 자체 굿즈, 회원 가입 종이까지 누군가가 신경 써야 한다는 사실을 전혀 알지 못했다. 아르바이트를 안 한 것도 아니었는데 시키면 시키는 대로 했을 뿐 사용자 입장에서의 고민이나 브랜드의 정체성을 생각해 본 적은 없었다. 하지만 땡스북스는 그래픽 디자이너가 대표인 서점이니 시각적인 요소들을 꼼꼼하게 신경 써야 했다. 눈에 밟히는 전선들을 정리할 줄 알아야 한다는 것, 잡화에 어울리는 집기는 분명히 따로 있다는 것, 이렇게 놓으면 손님이 이용하기 편하다는 것, 밋밋한 비닐 봉지에는 우리 숍 카드를 부착해 볼 수도 있다는 것… 이런 작은 요소들이 모이고 모여서 책방 특유의 통일감을 만들고, 나아가 전문적인 느낌까지 줄 수 있다는 것을 이곳에서 배웠다.

넷째, 즐겁게 일할 것.

주간회의나 개인 면담을 할 때 대표님이 꼭 하시는 질문이 있다. "정승 님, 일하는 거 요즘 어때요? 재밌어요?”

이 질문은 내가 땡스북스에서 파트타이머로 일할 때부터 지금까지 변함 없고 나의 대답 또한 변함이 없다.

“네, 너무 재밌어요.”

모든 일에서 단점보다는 장점을, 스트레스보다는 즐거움을 발견하는 대표님의 일에 대한 자세는 내게 큰 영향을 미쳤다.

잘 일하는 것만큼이나 잘 쉬는 것 또한 중시하는 대표님이 있는 땡스북스에서 긴 휴가를 내는 가장 확실한 방법은 ‘여행’이다. 그렇게 여행을 훌쩍 다녀오면 그곳에서 보고 듣고 느낀 것들을 책방에 반영하곤 하는데, 작게는 도서 진열 방식이나 트는 노래가 바뀌기도 하고, 들여오는 책이 추가되기도 한다. 그 작은 변화를 책방에 온 누군가가 알아채고서 반기는 모습을 보면 일하는 게 금세 또 즐거워진다.

막중한 부담 앞에서 즐거움을 자주 놓칠 뻔하는 내게 경력도 성격도 문제 해결 방식도 모두 다른 대표님은 늘 이런 말을 해 주셨다. 최선을 다하되 결과에 지나치게 연연하지 않을 것. 문제는 해결하라고 있는 것. 재밌게 일할 것. 이 세 가지는 일뿐만 아니라 살아가면서도 잊지 않으려 자주 되새기는 말들이다.

실무의 최전선에 나와 있으면서도 이상하게 두렵지 않았던 건 이런 태도들이 나를 단단히 잡아 주었기 때문 아닐까. 그 덕에 회사를 있는 그대로 좋아할 수 있었고, 일을 하면서도 내가 소모된다는 느낌을 받지 않았다. 변화에 민감한 홍대 앞에서 '땡스북스는 계속 노력하고 있구나'라는 느낌을 줄 수 있었던 것도 같은 이유였으리라.

처음으로 돌아가 땡스북스의 소개글을 다시 한번 찬찬히 읽어 본다. 2031년의 소개글에는 어떤 말들이 들어갈지, 그때의 땡스북스는 어떤 모습이며 그때의 책방을 아껴 주는 분들은 어떤 분들일지 자못 궁금해진다. 땡스북스가 처음 문을 열었을 때의 마음을 상상하며 내가 땡스북스에서 처음 일을 시작했을 때의 다짐을 잊지 않으려 한다. 10년 뒤의 땡스북스를 꾸려 나가고 있을 분에게 "아, 2021년 3월에요, 땡스북스 책을 쓰고 있었는데요. 저는 어떻게 여기 들어오게 됐냐면요…"라며 이야기를 시작할 그 날, 한치 아쉬움도 없이 오직 뿌듯함과 즐거움으로 이곳에서의 시간을 회상하고 싶기 때문이다.

THANK
S
BOOKS
BYHEYDEY

책방에서 일해요

정승

2015년 6월. 땡스북스에 파트타이머로 처음 발을 디뎠다. 아니다. 이미 2년 전에 땡스북스에 발을 들인 적이 있다. 2013년 무렵의 내가 '이색 데이트 코스'에 땡스북스를 적어 두었기 때문이다. (모든 단어의 조합이 놀라워서 닭살이 돋는다.) 사람 많은 곳을 힘들어하는 나는 인산인해를 이룬 책방을 보며 '멋진 곳이지만 다시 오긴 어렵겠군'이라는 생각으로 책방을 나섰었다. 그렇게 스쳐 지나간 공간에, 다시 한번. 이번엔 돈을 벌러 왔다.

당시 국문과 졸업을 앞두고 있던 나는 책을 좋아하니까 막연히 출판사에 가야겠다고 생각했다.

(영화 『인터스텔라』의 한 장면처럼 "안 돼요, 정승씨…"라고 외치며 이 책을 읽고 있을 출판 관계자분들을 상상해 본다.) 마지막 방학 때 인턴 생활을 했던 곳에 학을 뗀 직후 대학 생활 내내 모은 돈을 몽땅 들고서 조금 긴 유럽 여행을 다녀왔고, SBI(서울출판예비학교) 모집 시기에 맞춰 귀국했다. 하지만 SBI를 지원하는 데엔 정말 많은 도서 리뷰가 필요했는데(합격하신 분들 진심으로 존경한다), 도저히 주어진 시간 안에 쓸 수 있는 분량이 아니라 깔끔하게 마음을 접고서는 몇 곳에 이력서를 넣었고 그중 몇 곳의 면접을 봤다. 그러던 와중에 땡스북스에 파트타이머 공고가 났다는 걸 첫 사회생활을 가르쳐 준 상사분이 알려 주셨다. 출판사에 가려면 서점에서 일하는 게 큰 도움이 될 것 같아 그길로 지원한 나는 운 좋게도 평일 낮의 책방을 일터로 갖게 되었다.

그해 여름은 정신없고, 충만했다. 분명 손님이 조금 온다고 했는데, 전임 담당자의 말에 속았다 싶을 정도로 많은 분들이 오셨다. 책을 팔고 돌아서면 커피와 유자쉐이크, 땡스초코바나나를 번갈아가며 만드는 일의 반복이었다. (나중에 알고 보니 실제로 최고 매출을 기록한 해였다.) 집에 갈 때쯤이면 몸은 녹초가 되었지만 마음만은 팔딱팔딱 뛰었다. 이 곳에서 벌어지는 모든 일이 신기했기 때문이다. 이런 서점이 있다는 게, 전공 시간에는 보지 못했던 책들이 있다는 게, 이 모든 것들을 너무도 자연스럽게 즐기는 사람들이 있다는 게 신기했다. 무엇보다 책으로 '별짓'을 다 하는 게 좋았다. 책에 미처 담지 못한 내용을 보여 주는 전시를 준비하는 것부터 도서 진열에 맥락을 부여하고, 책방과 카페를 결합하고, 책을 재밌게 소개하는 코너를 만드는 것까지. 이 곳에서 일하기 전까지는 책이란 얌전히 누워서 누군가에게 선택되기만을 기다리는 물건이라고 생각했는데, 사람 하기 나름이라는 걸 태어나 처음 알게 되었다. 누군가의 눈에 띄어 읽힐 가능성을 높이기 위해 아이디어를 모으고 궁리하는 바지런한 활기가 무척 마음에 들었다.

오픈 시간보다 일찍 도착해서 잠긴 문 너머로 고요한 책방을 보는 걸 좋아했다. 아무 소리도 나지 않는 이 곳이 수십 분 뒤면 활기로 가득 찬다는 게 신기했고, 간밤을 잘 보낸 책들이 기지개를 켜고선

자기들끼리 수다를 떠는 것만 같았다. 혜영 점장님, 지혜 매니저님과 함께 문을 열어 음악을 틀고, 환기와 청소를 하고, 들어오는 책들을 정리하고 나면 내가 일하는 시간은 금세 끝났다.

하지만 근무 시간이 끝나고 나면 집에 곧장 가는 대신, 지혜 매니저님 앞에 앉아 별별 이야기를 다 하는 게 그 시절 나의 일과였다. 그럴 때마다 매니저님은 "정승, 일 재밌어요?"라는 질문을 해 주셨다. (아아. 이게 퇴사를 위한 인재 육성 목적의 밀착 케어였음을!) 그때 나는 이 질문이 무척 신기했다. 처음 한두 번이야 물어볼 수 있지만, 몇 개월이 지나도 늘 다정하게 물어봐 주는 분은 많은 아르바이트를 해 봤지만서도 매니저님뿐이었기 때문이다. 힘든 건 없는지, 일에서 재미있는 건 무엇인지, 궁금한 건 없는지를 물어 보셨고 내가 해 볼 수 있는 일과 써 볼 수 있는 글들을 제안해 주셨다.

뿐만 아니다. 땡스북스 디자인 스튜디오에 근무하는 그래픽 디자이너 언니들은 그 흔한 텃세 없이 나를 반겨 주었고 모두가 상호 존대를 했다. 워크숍에 다녀오면 아르바이트생 몫의 선물까지 꼭 챙겨

오는 사람들이었다.

그 따뜻함에 제대로 치였던 것 같다. 취업이고 뭐고 조금 더 미루고선 이 곳에서 오래 일하고 싶다는 생각이 들 때쯤, 지혜 매니저님이 쌀국수를 먹다 말고 자신의 퇴사 계획과 이 곳에서 직원으로 계속 일해 볼 생각이 없냐는 제안을 넌지시 건넸다. 그 길로 대표님과 만나 새삼스러운 최종 면접을 본 후 2016년 1월, 땡스북스에 정식으로 입사했다.

"땡스북스의 식구가 된 걸 환영해요. 이제 도망갈 수 없어요."

땡스북스 디자인 스튜디오의 욱 실장님이 내게 하셨던 말이다. 식구라는 말은 회사에 따라 기함할 표현이기도 하지만, 지금 돌이켜 봐도 이만큼 적확한 축하의 말이 없다고 생각한다. 내가 정말 원하는 게 뭔지 생각할 겨를도 없이 많은 것을 유예한 채로 취업 준비를 해야 했던 그때 땡스북스를 만난 건 행운이었다. 누가 쥐여준 거 말고, 누가 가리키는 방향 말고, 그때의 시간 속에서 나는 스스로 열심히 일하고, 열심히 읽고, 열심히 좋아했다. 그렇게 가장 불투명하고 막막했던 그 시기는 여전히 내 마음속에서 가장 선명하고 푸른 시절로 남아 있다.

4월

정승

부드럽고 단단하게 말하기

오늘 오후에는 SNS에 소개할 신간의 사진을 찍어야 한다. 비가 오는 날은 사진이 영 안 나오는데 내일부터 이틀간 비 소식이 있으므로 오늘같이 볕이 끝내주는 날을 허투루 보낼 수 없다. 소개하고 싶은 책을 평소보다 더 많이, 넉넉하게 다섯 권 정도 골랐다. 사진을 미리 찍어두면 분주한 주말에도 뚝딱 업로드할 수 있기에 작은 곳간을 채우는 마음으로 준비하곤 한다.

온라인 공간은 땡스북스의 또 하나의 집. 일일 방문객도 훨씬 많고, 지구 반대편에서도 밤이고 낮이고 문을 두드릴 수 있는 그런 집이다. 그러면서도 집주인(직원)

과는 면 대 면으로 만날 수 없다 보니 생길 수 있는 오해나 소통의 부족을 최소화하고자 오프라인 책방만큼 온라인 공간을 관리하는 데에도 많은 힘을 쏟고 있다. 땡스북스는 자체 홈페이지를 필두로 인스타그램, 트위터, 페이스북을 통해 책방 소식을 전한다. 원래는 트위터 하나로 출발했으나 곧 인스타그램이 주 안내처가 되었고, 트위터는 글자 수가 제한되어 있어 간단하게, 페이스북은 인스타그램과 자동 연동된 내용만 올리는 편이다. 평소 갑작스러운 휴무가 없는 곳이지만 게시글을 올리면 문을 열었다는 안내가 되기도 해서 정말 눈썹 휘날리도록 바쁜 날이 아니면 매일 한두 개의 게시글을 꼬박꼬박 올리려고 한다. 신간 소개뿐만 아니라 쇼윈도 전시, 해외 북페어 출장, 심지어 책방에 새로 꽂아둔 꽃까지, 땡스북스에서 일어나는 모든 이야기를 전하고 있다.

오늘 고른 다섯 권의 신간은 치열한 경쟁을 뚫고 선정되었다. 입고된 책들을 마음처럼 전부 소개할 수는 없으니 이미 선별하여 들여온 책 중에서도 또 한 번 선별의 시간을 거쳐야 한다. 이때는 정말 성인군자의 마음으로 '공평하게 살펴보고 선보이겠다!' 외치며 매대를 살핀다. 그리고 이어지는 생각들을 '동시다발적으로' 한다.

바로 이렇게.

이 출판사 책은 최근에 소개하지 않았나? B출판사는 오랜만에 신간을 냈네. 어제는 소설을 소개했으니 오늘은 디자인 책을 소개해야지. 이건 장정이 참 독특하네. 굿즈 소개 까먹지 말자! 이 책은 다른 책방 SNS에서 많이 봤으니 우린 천천히 소개해야겠어. 앗, 이 책은 신규 거래처 책이니까 내일까지는 꼭 소개해야지. J작가 신간 옆에 전작들도 같이 진열해야겠다. 어이쿠, 이 책은 나만 좋았나? 왜 반응이 미지근하지. 한번 띄워야겠다.

이런 생각을 하고 있으면 가끔은 내가 어느 학급의 담임 선생님이 된 듯한 기분일 때가 있다. 땡스북스라는 반을 맡아 전학 온 새로운 친구를 소개하고, 조금 빛을 못 보는 아이의 장점을 발견해 내고, 잘 맞을 것 같은 친구들끼리 짝을 지어 주고, 옆 친구와 영 못 어울리는 것 같으면 자리도 바꿔 주는 등 학생들을 관찰하고 살피는 열혈 선생님 말이다. 이런 생각을 할 때면 다른 직업을 잠시 맛보는 것 같아 제법 근사한 기분이 든다.

그렇게 고른 다섯 권의 책을 들고서 각각의 책마다 책방의 어디를 배경으로 하여 찍으면 좋을지 작은 공간을 휘휘 둘러본다. 간단하게 핸드폰으로 톡톡 찍는 것도 그만의 맛이 있지만, 그래픽디자이너가 대표로 있는 서점이다 보니 책방 콘텐츠의 통일성과 디자인적인 요소 관리가 매우 중요하다. (인스타그램 계정을 개설했던 초기 2년 정도는 땡스북스 디자인 스튜디오의 보명 팀장님이 실력을 발휘해 사진을 전담했을 정도!) 다만 예뻐 보이게 찍는 것만을 중시하는 게 아니다. '책이라는 물품의 내/외적인 장점이 잘 소개되고 있는가?'라는 질문을 스스로 던지면 자연스레 사진에 공을 들이게 된다. 책의 표지 색이나 디자인적 요소가 왜곡되진 않았는지, 표지 또는 내용과 책의 뒷배경이 잘 어울리는지, 책의 장점을 빠짐없이 담았는지, 함께 소개할 수 있는 다른 책은 무엇이 있을지 등을 생각하고, 책과 어울릴 좋은 공간이 떠오를 때면 기꺼이 출사를 나가기도 한다. 그렇게 찍어 온 사진은 포토샵으로 간단히 보정한 후 업로드한다.

글도 마찬가지다. 내용을 전부 보여 주진 않되 책을 읽고 싶게 만드는 적절한 지점에서 절묘하게 잘 끊어야 한다. 모든 책을 읽고서 소개할 순 없기에 보도자료를 꼼꼼하게 읽으며 독자로서 읽고 싶어지는 문장들을 쏙쏙 뽑아낸 뒤 마지막으로 한 번 더 다듬는다. 날카롭게 날을 벼려도 가끔은 예상치 못한 어느 한 부분에 꽉 붙들려 속절없이 시간을 잡아먹히곤 하는 이 단계가 온라인 콘텐츠 관리의 화룡점정이다. 입말로 읽었을 때 매끄럽게 읽히는지, 비문은 없는지, 띄어쓰기가 잘못된 곳은 없는지 등 문장을 두루 살피고서 SNS에 올리기 직전에 소정 님과 크로스체크를 하여 글에 문제가 없는지 살핀다. 즉, 우리가 쓴 글이 누군가를 배제하거나 상처 주지 않는지를 재차 검토한다는 뜻이다. 우리가 쓴 관습적인 표현이 누군가를 혐오하는 표현은 아닐지, 조금 더 포용할 수 있는 말이 없을지, 추켜올리기 위해 누군가를 깎아내리지는 않았는지, 지나치게 강권하지 않았는지 등을 집중적으로 살핀다. 이런 체크 포인트들은 어찌 보면 너무나 당연히 챙겨야 할 부분이지만, 생각보다 어려운 일이라 일부러 멈추어 서서 점검하지 않으면 안 된다. 더하여 몇 가지 표현을 자제하려고 한다. 가령 이런 것이다. 완전한-불완전한, 평범한, 정상적인, 아름다움, 이전에는 없던, 지금까지 읽었던 것 중 가장 좋았다, 소설가 중 최고 등등. 개인적인 대화를 나눌 땐 무람없이 할 수 있는 말이지만, 때에 따라 잘못 읽힐 수 있는 판단이나 감정이 들어가는 표현은 가급적 뺀다. 이렇게 하나하나 살피다 보면 가끔 너무 피곤해질 때도 있지만, 불특정 다수를 대상으로 쓰는 글은 조심스럽게, 어느 정도는 두려워하며 쓸 필요가 있다고 믿기에 기꺼이 에너지를 쓴다.

SNS에 신간 소식을 알리고, 책방 소식을 전하는 건 "우리 책방에도 이 책 있어요, 책방 문 활짝 열어 두었으니 혹시 관심 있으시면, 기왕이면 저희 책방에서 사 주세요!"와 같은 말이라고 생각한다. 그렇기에 눌리는 좋아요 수와 구매는 놀라우리만치 비례하지 않는다. 그러니 그것에 일희일비하고 있을 수 없다. 우리가 최선을 다해 소개했다면 그 이후는 깨끗하게 우리 손에서 떠나보낸다. 마음을 많이 쓰는 것만큼이나 덜어 내는 법도 잘 알아야 한다는 걸, 매일매일 쓰는 작은 SNS 게시글들을 통해 배웠다.

그렇게 완성된 글은 강력한 목소리를 내뿜는다기보단 은은하게 누군가의 일상에 스며드는 듯하다. 사회적 이슈나 특정 책에 대해 소리 높여 말하고 싶을 때가 있지만 그보다는 동네 사랑방으로서 누구든 와서 자유롭게 의견을 나누고 나와 다른 세계를 살펴볼 수 있는 책방이길 바란다. 가치관이나 추구하는 바가 다르다고 해서 못 오는 곳이 아니었으면 하기 때문이다. 그렇기에 우리는 직접적으로 외치는 대신 땡스북스 책장을 가만히 들여다보면 '여기 직원들은 이 문제에 관심이 있구나!'를 알 수 있게끔 조금은 은밀히(!) 말을 건넨다. 물론 동네 책방으로서 해야 할 말이 있을 때는 주저하지 않을 테지만, 지금으로서는 조용하지만 강단 있는 우리만의 대화법을 잘 가꾸어 나가고 싶다. 외유내강의 공간이 더 넓게, 더 많은 사람을 포용할 수 있다고 믿기 때문이다.

소정

"우리 플레이리스트 한번 싹 교체할까요?"

서서히 봄이 오고 있다. 합정역에서 출근하는 길목 나무들엔 푸릇한 잎이 돋기 시작하고, 책방에도 봄 기운이 감돈다. 정승 님과 '이제 곧 봄이 오겠네요' 하며 인사를 나누고 여느 때와 같이 오픈 준비를 한다. 늘 그렇듯 노래부터 트는데, 정승 님의 한 마디. "소정 님, 우리 플레이리스트 한번 싹 교체할까요?"

땡스북스에서 일하면서 잊지 않으려 자주 곱씹는 말 중 하나는 '익숙해지지 말자'다. 공간 곳곳에 눈길을 주며 세심히 살피고 있지만, 아무래도 오래 머무르다 보면 익숙해져 놓치는 것들이 종종 생긴다. 그럴 때마다 손님의 시선으로 공간이나 상황을 바라볼 수 있도록 이 말을 거듭 떠올린다. 한결

같아 좋은 것도 있지만, 때론 새 눈으로 보아야 하는 것들이 있기 마련이니까.

땡북에 흐르는 음악이 바로 그렇다. 플레이리스트 교체 주기는 따로 정해 두지 않았지만, 우리 귀에 익숙해졌다 싶을 때 '한번 또 바꿔볼까?' 질문하는 감각을 잃지 않으려 한다. 책방의 플레이리스트는 기본적으로 책을 읽는 데 방해되지 않고 분위기를 해치지 않는 음악을 계절과 날씨에 맞춰 꾸리고 있다. 손님들이 이 공간에서 편안히 머물며 책을 고를 수 있도록 선곡에도 꽤 공을 들이는 것인데, 이는 손님뿐 아니라 책방에 가장 오래 머무르는 우리를 위해서이기도 하다. 해서 음악을 고를 때도 일하는 우리 둘의 취향을 꽤 반영한다. 각자 휴일에 플레이리스트를 새로 채울 음악을 발굴해 와서 공유하기도 한다. 기왕이면 손님들이 매번 똑같은 음악보단 올 때마다 새로운 음악을 만나길 바라는 마음에서다.

시각적인 것들은 익숙해지면 무심코 지나치기가 더 쉽다. 공간에 무언가를 새로 놓기 전엔 이런저런 고민을 하지만 한번 자리 잡고 나면 그 곳에 있는 게 너무 자연스럽게 느껴지니까. 이를 무심하게 바라보는 대신 눈을 크게 뜨고 곳곳을 살핀다. 땡스북스 스탬프도 그중 하나다. 매일 청소하며 스탬프 잉크가 너무 많이 나오거나 마르진 않았는지 살피고, 연말용으로 꺼내둔 반짝이 잉크 패드를 새해에는 새로 교체하는 등 세심히 신경을 쓴다. 카운터에 있는 회원 가입, 포장 안내문이나 책장 곳곳에 부착해 둔 작은 CCTV 안내문같이 늘 비치된 것들도 마찬가지. 내용을 확인하는 데는 별 문제가 없어도 조금씩 낡거나 상했다면 그냥 넘기지 않고 보수하거나 교체해야 한다. 창가에 놓아둔 무가지나 유인물도 손을 많이 타는 것들이니 자주 정돈하고, 특히 행사를 안내하는 내용일 경우 행사일이 지났는데도 그대로 놓여 있지는 않은지 꼼꼼히 확인한다. 때론 이런 작은 부분들이 얼마나 잘 보살펴지고 있는지가 공간의 이미지를 결정하기도 하니까.

감각을 예리하게 벼렸다면 다음은 행동이다. 얼핏 괜찮은 것 같지만 마음에 걸린다면 거기서 멈추지 말고 바로 동료와 상의하여 조치를 취해야 한다. 언젠가 손님들이 문을 열고 들어올 때 자꾸 바닥에서 이상한 소리가 난 적이 있다. 문제 상황을 발견했으니 원인을 찾아볼 차례. 습기 때문에 나무 바닥 끝이 살짝 들려 밟을 때 나는 소리였다. 중요한 것은 그다음이다. 당장 매장 바닥 전체를 보수할 수 없는 상황이니 어쩔 수 없지, 하고 넘어가서는 안 된다. 지금 취할 수 있는 조치는 무엇일지 고민하고 불편함을 최소화하기 위한 방법을 찾아야 한다. 이 경우엔 강력 접착제를 이용해 임시로 고정해 두고, 바로 대표님과 상황을 공유했다. 이렇게 꼼꼼히 살피고 행동하는 이유는 전문성을 놓치지 않기 위해서다. 좋은 옷은 마감에서 티가 나고 좋은 디자인은 디테일에서 결정되듯이 우리의 전문성 또한 공간의 구석구석, 즉 끄트머리에서 드러난다고 믿기 때문이다.

구석구석 하면 역시 매장 관리의 꽃, 청소 이야기가 빠질 수 없다. 깨끗한 건 당연하게 받아들이기 쉽지만 더러운 것은 금방 눈에 띈다. 매장에서 일해 본 사람이라면 알 것이다. 늘 투명하고 깨끗한 유리창을 유지하려면 부단한 노력이 필요하다는 걸. 유리로 된 출입문은 시시때때로 우리의 손길을 기다리고, 전면의 쇼윈도는 안팎을 주기적으로 물청소해 주어야 탁해지지 않는다. 책방 앞 골목도 그렇다. 아침에 출근하면 어김없이 간밤의 잔해가 수북하게 나를 반긴다. 가령 담배꽁초라거나, 담배꽁초라거나, 담배꽁초라거나…. 하루쯤 괜찮겠지 하고 쓸지 않으면 금세 꽁초 산이 생길지도 모른다. 매일 사용하는 카운터의 포스 모니터에도 하루하루 새로운 먼지가 쌓인다. 처음엔 '이런 곳까지?' 싶었지만 이제는 여기 내려앉은 약간의 먼지도 허투루 넘기지 않는다. 이렇듯 매장 관리는 익숙함에 지지 않는 섬세한 눈과 귀찮음을 이겨 내는 재빠른 행동, 지치지 않는 꾸준함이 필요하다. 매일 쓸고 닦아도 날로 깨끗해지기는커녕 겨우 현상 유지만 하고 있어서 때론 힘이 빠지기도 하지만 이것이 바로 매장 관리의 숙명이 아닐까. 겸허히 받아들여야지. 앗, 지금도 밖에서 쇼윈도 안

쪽을 들여다보던 누군가가 진한 손자국을 남기고 갔다. 어서 닦으러 가야겠다.

5월

정승

잔다리로28에서 양화로6길로

2018년 5월 1일, 새로운 곳에서 땡스북스 간판을 점등했다. 이날은 땡스북스가 마포구 잔다리로에서 양화로로 이사하여 다시 문을 연 첫날이었다.

2017년은 체감상 동네서점에 대한 관심이 정점에 이른 시기였다. 2015년 이후 동네서점은 '책방 투어'를 다닐 수 있을 만큼 폭발적으로 증가했고, 각자의 색이 뚜렷해 함께 도모해 볼 수 있는 일들이 늘어나기 시작했다. 많은 사람들이 색깔 있는 동네서점으로 땡스북스를 꼽아 준 덕에 많은 취재와 문의에 응했고, 그해 열린 서울

국제도서전에 '서점의 시대'라는 이름으로 초대받아 신나게 책을 팔기도 했다.

우리 동네인 홍대 앞에도 변화가 생겼다. 교보문고와 영풍문고, yes24 중고서점과 알라딘 중고서점이 앞서거니 뒤서거니 문을 열었다. 대형 온라인 서점의 오프라인 공간이 홍대 앞으로 총집결 한 것이다. 뿐만 아니라 땡스북스 근처에는 그림책 전문 서점, 독립출판 전문 서점, 아나운서가 직접 운영하는 서점 등이 생겼고, 2016년 말에는 경의선 책거리가 조성되었다. 홍대 앞에 마땅한 서점이 없던 시절이 있었다고는 믿기 어려울 만큼 마포구는 다채로운 책 문화를 품은 동네가 되어 가고 있었다.

모든 게 문제없어 보였다. 홍대 앞이 유흥의 거리로 바뀐 지 오래인 마당에 책방이 다시 생기고 있다니 무척 고무적인 일이었다. 독자에게는 선택의 폭이 넓어지는 일이기도 했고. 교보문고와 알라딘 중고서점이 땡스북스에서 도보 10분 거리에 들어온다는 소식을 접했을 때도 그럭저럭 괜찮을 거라 생각했다. 하지만 그 영향권 아래에 놓이는 시간은 생각보다 몹시 빨리 찾아왔다. 여전히 많은 사람들이 땡스북스를 찾아 주셨지만 내부에서는 적자가 나기 시작했다. 주말이면 비는 곳 없이 빽빽했던 책방의 밀도가 낮아졌고, 우리의 에너지도 조금씩 헐거워졌다. 동네의 좋아하던 가게가 문을 닫거나 멀리 이사하는 과정을 몇 번이고 지켜봐 온 대표님은 땡스북스가 이 자리에서 사라졌을 때 많은 분들이 느낄 상실감 때문이라도 현재의 자리를 최대한 유지하고자 했다. 일하는 우리도 마찬가지였다. 홍대 대로변에 있는 노란 간판, 통유리로 빛이 쏟아지는 곳에서 커피 한잔과 함께 천천히 책을 고르는 풍경이 사라질 수도 있다니, 믿고 싶지 않은 일이었다.

반년 정도 타개책을 고민했지만 고정 비용을 줄이는 것 외에는 뾰족한 방법이 없었고, 결국 그해 말 대표님에게서 '이사'라는 말이 나왔다. 당시 함께 일했던 동료 한별 님과 나는 우리의 힘이 남아 있을 때 새로 시작하자고 마음을 모았다. 두 번 고민할 시간이 없었다. 매출이 반토막 아니 3분의 1 토막이 날 각오를 하는 한편, 땡스북스라는 이름으로 쌓아온 시간과 인연들을 믿고서 자리를 옮기기로 했다.

이사를 결정한 직후부터 우리는 무엇을 덜어 내고 무엇을 지켜야 할지 고민하기 시작했다. 가장 먼저 땡스북스의 커피 메뉴를 한 종류로 확 줄이거나 아예 없애기로 했다. 이제 더는 책방에서 커피를 파는 일이 낯선 모습이 아니었고, 커피를 판매하는 건 상상 이상으로 손이 많이 가는 일이었기 때문이다. 그렇지만 7여 년의 시간 동안 당연하게 팔던 커피를 없애는 건 조금 더 시간이 필요한 일이라, 실은 이사하고서도 조금 더 고민했던 게 사실이다. 하지만 우리의 고민이 어딘가에 소문이라도 난 것처럼, 오는 분들마다 "더 아늑하고 더 책방다워져서 좋아요!"라는 말씀을 해 주셨다. 우리도 커피 업무를 뺀 대신 책에 온전히 집중하여 우리에게 부족한 카테고리가 무엇인지 앞으로 필요한 책이 무엇인지 고민했고, 그간 팬이었던 출판사에 먼저 문을 두드려 입점을 제안했다. 좋은 상황에서 이사한 게 아니었기에 이것도 저것도 놓치면 안 될 것 같은 압박을 느끼던 내게 대표님은 이런 때일수록 선택과 집중이 중요하다고 하셨다. 지금 여기서 가장 잘해야 하는 일을 잘하면 된다고. 당연히 책방에서 잘해야 하는 일은 좋은 책을 골라 잘 파는 일. 원점으로 돌아가 다시 시작했다. 그렇게 우리는 큐레이션 서점으로서의 내실을 더욱 단단히 다질 수 있었다.

재오픈 날짜는 5월 1일로 정했다. 새로 옮기는 곳은 기존 공간에서 커피 제조 공간이 빠진다고 생각하면

딱 맞는 규모라, 책을 줄일 필요가 없었다. 대표님이 처음 우리에게 도면을 보여 주던 날을 잊지 못한다. 펼쳐든 흰 도면의 주변부는 책장이 둘러싸고 있었고, 메인 매대는 놀랍게도 책방 공간을 '대각선으로 가로지르며' 그려져 있었다. 층고가 낮아 조금 답답할 수도 있는 공간을 시각적으로 넓게 느낄 수 있도록 한 배치였다. 게다가 가운데 매대는 서서 읽는 바 테이블이라고 하는 게 아닌가! 높은 임대료를 감당하려면 면적 당 판매가가 중요한 동네인지라 한 권이라도 더 넣어 팔 법도 한데 대표님은 그 공간을 과감히 비워 냈다. 입구 전면부 오른쪽은 책방의 얼굴이 될 쇼윈도가, 왼쪽 창가쪽으로는 책을 읽을 수 있는 약간의 자리가 그려져 있었다. 그리고 마지막으로, 드디어 사무 공간과 이용객의 공간이 완벽하게 분리되어 있었다. 기존의 땡스북스는 카운터 옆 아일랜드 테이블 한쪽에서 직원이 일하는 구조였다. 음료 제조며 책 정리며 쉼 없이 오가야 했으니 이동은 편했으나 무방비하게 노출된 공간이라 쉽게 지쳤고 자주 무서웠다. 그 오랜 불편함이 해소된 공간이라니, 벌써부터 새로운 공간의 호위를 받는 기분이었다.

재오픈을 나흘 앞둔 4월 26일, 잔다리로에서의 마지

막 영업을 종료했다. 간판 불을 끄는 순간, 지난 7여 년의 시간 동안 쌓인 목소리와 마음 들이, 심지어 책 먼지까지 내 어깨를 토닥이는 기분이었다. 이사가 결정된 직후부터 자주 매만지고 쓸어 보고 사진도 그렇게나 많이 찍었는데도 설명할 수 없는 감정이 일었다.

오래오래 이 감상에 젖어 있고 싶었지만 우리에게 주어진 시간은 단 3일. 몸을 바삐 움직여야 했다. 첫날은 땡스북스 전(全, 前) 직원이 총출동하여 모든 짐을 뺐다. 나머지 이틀은 새 공간의 책장을 정비하는 데에 온전히

쏟았다. 입장 시 동선과 카테고리별 장서량을 가늠하며 책장을 정리했다. 끝날 듯 끝나지 않던 이틀의 시간은 재오픈 전날 밤 10시를 훌쩍 넘겨 겨우 끝이 났다. 나와 한별 님은 텅 빈 쇼윈도에 들어가 사진을 찍고, 삼겹살집에 가서 늦은 저녁을 먹고 헤어졌다. 피곤한데 잠이 오지 않는 밤이었다.

새로 문을 연 첫날은 예상보다 훨씬 더 많은 손님들이 물어 물어 찾아왔다. 잔다리로에 갔다가 놀라서 온 분, 미리 소식을 듣고서 기다렸다 온 분, 지나가다가 신기해서 온 분 등등. 2011년에 처음 문을 열고서 대표님이 느꼈을 감정을 2018년의 내가 다시 느끼고 있었다. 이전 공간을 그리워하며 아쉬움을 표하는 분들도 있었지만 그 또한 애정 어린 말임을 모르지 않았다. 그보단 책으로만 꽉 채운 아늑한 공간의 탄생을 기뻐하며 응원의 말씀을 건네 주는 분들이 더 많았다. 우리는 그 해가 다 가도록 눈에 익은 단골손님들이 여전히 들러 주는지, 어떤 분들이 새로이 오고, 또 어떤 책을 사 가는지 눈여겨봤다.

달라진 것도 많았다. 새로운 공간은 현관의 문턱을 없애 휠체어나 유아차가 쉽게 들어올 수 있도록 설계하여 누구나 편히 들어올 수 있게 되었고, 음료를 판매하지 않으니 반려동물 입장이 가능해졌다. 그 덕에 우리는 단골손님이 아기를 낳아 함께 오는 모습을 지켜볼 수 있게 되었고, 책 읽는 멋진 강아지 친구들이 여럿 생겼다. 방문객의 성비와 연령대에도 큰 변화가 생겼다. 여성 9:남성 1에 가까웠던 성비가 6:4 정도로 맞춰졌고, 예전엔 20대 여성이 주 방문객이라고 확답할 수 있었다면 이제는 쉽사리 답하기 어려울 만큼 연령대가 다양해졌다. 궁극적으로는 엄마와 딸, 할아버지와 손주가 손잡고 편하게 올 수 있는 서점을 꿈꾸었던 우리에게 이 변화는 무척 가슴 벅찬 일이었다. 아마 지하철역과 조금 더 가까워지고 근처에 식당이 많은 데다 전에는 사용하지 않았던 회색을 공간 곳곳에 사용함으로써 아기자기한 느낌이 조금 빠진 것, 무엇보다 양질의 책을 더 많이 늘린 것이 변화의 주요인 아니었을까 싶다.

이사를 하고 나서는 일하는 나의 마음이 많이 바뀌었다. 나는 땡스북스의 창립 멤버가 아니었기에 이전 공간에 대해 좋아하는 마음과 큰 부담감이 늘 공존했다. 선배들이 일궈 놓은 이 책방을 잘 지켜 내야 한다는 생각에 항상 조급했다. 시간의 더께가 쌓인 창고에 들어갈 때

면 뭘 버리고 남겨야 할지 몰라 이 공간을 완벽히 컨트롤 하지 못한다는 느낌을 받기도 했다. 하지만 처음부터 우리 손길로 채운 새로운 공간에 발을 딛고 나니 드디어 이 공간이 진짜 나의 일터라는 게 실감 났다. 어떤 공간 전체를 잘 파악하고 관리하고 있다는 느낌은 내가 일을 하는 데에 있어서 생각보다 중요하게 여기는 요소였던 것이다. 그런 점에서 마음이 편안해지고 자신감이 생기니

이곳을 정말로 잘 꾸려 가고 싶다고, 계속해서 잘해 내고 싶다는 즐거운 욕심이 마구 생겼다.

무슨 일이든 파이팅 넘치게 해 내는 한별 님과 늘 긍정적인 면을 바라보는 대표님이 내 곁에 없었다면 이사를 해도 문제, 안 해도 문제였을 것이다. 3년이 지난 지금, 땡스북스에서 6년째 일하고 있는 내가 입사해서 가장 잘했다고 생각하는 일 첫째는 이사, 둘째도 이사, 셋째도 이사다. 위태로운 시기를 온전하게 통과했다는 경험은 책방에도, 책방을 꾸려 가는 내게도 큰 자산이 되었다. 지금 양화로에서 착실히 쌓아 가고 있는 시간의 겹들은 나중에 어떤 무늬를 그리고 있을까. 10년 뒤, 20년 뒤의 땡스북스가 궁금해진다.

6월

정승

서점이 아닌 곳에 책을 놓아 보기

"이번 주에 입고되는 책들은 납품으로 나갈 것들이 많으니까, 매대에 정리하기 전에 저랑 같이 체크해요!"

이번 주의 가장 큰 업무는 도서 납품이다. 이번 납품처는 경기도 수원에 자리한 경기상상캠퍼스 안에 조성 중인 'd-LIBRARY'로, 옛 서울대 농생대 캠퍼스를 도민과 경기 지역 디자이너를 위한 복합문화공간으로 다시 꾸리고 있는 곳이다. 납품 규모는 약 800권. 디자인 관련 도서가 여느 때보다 많이 들어갈 예정인데, 클라이언트 측에서 오래전에 의뢰해 여유 있게 진행 중이다. 납품할 도서들은 2주에 걸쳐 꼼꼼하게 선별했고 지난주는 한주 내내 출판사에 주문을 넣었으며 이번 주는 책방으로 '쏟아져 들어오는' 책들을 모두 검수하여 포장하고 발송해야 한다.

땡스북스는 2014년 인천 네스트호텔 라이브러리를 시작으로 외부에 도서 큐레이션 납품을 꾸준히 진행해 오고 있다. 도서 큐레이션 납품이란 말 그대로 책방이 아닌 외부 공간에 놓일 도서를 선별하여 보내는 일로, 클라이언트의 요청과 공간의 성격에 맞게 신중히 도서를 고른다. 개인적으로는 우리가 하는 일 중에서도 각별히 아끼는 일이기도 하다. 땡스북스를 믿고 맡겨 준 일이기도 하거니와 우리가 책방에서 매일 하는, 한 사람만을 위한 큐레이션이 '확장'된 행위이자 새로운 '도전'이기 때문이다. 큐레이션 납품은 책을 한 권이라도 더 팔기 위한 책방의 자구책이기도 하므로 리스트만 보내는 게 아닌 실물 도서를 땡스북스에서 산다는 조건으로 진행된다. 즉, 도서 선별부터 발송까지 전 과정을 땡스북스의 두 직원이 책임지고 있다.

보통 큐레이션 문의가 들어오는 경로는 땡스북스나 동네서점을 좋아하는 실무진이 애정을 가지고 회사를 설득해 오는 경우가 많다. 이 경우엔 정말로 일이 수월한데, 우리와 소통하는 모든 순간에 존중과 신뢰가 듬뿍 담겨 있기 때문이다. 땡스북스의 경험과 선택을 지지하며 전적으로 일임해 주니 우리 또한 받은 신뢰를 잘 돌려 주고 싶어서 더욱 힘을 내 책을 고르고, 이 납품 건을 어떻게 무탈히 마칠 수 있을지 몇 번씩 고민한다.

한편 땡스북스가 도서를 선별하여 판매하는 서점이라는 것까지만 알고 문의하는 경우도 있다. 이 때 클라이언트는 크게 두 유형으로 나뉘는데, 본인이 가지지 않은 우리의 전문성을 존중하면서 완전히 믿고 맡기는 타입과 자신이 아는 선에서 자유롭게(?) 요청하는 타입이다. 후자의 경우는 우리와 결이 다른 전문성을 요구할 때가 있어서, 이럴 땐 우리 전문 분야가 아닌 책을 애써 고르는 대신 다른 곳을 추천한다. 때때로 도서 소개글을 작성하거나 도서 큐레이션을 다달이 교체해 줄 것을 요청하기도 하는데, 충분히 요청할 수 있는 사항이지만 안타깝게도 인건비를 고려하지 않는 경우가 많았다. 도서값을 대폭 할인해 줄 것을 요구하거나 B2B 입점 등 도매상으로서의 기능을 문의하기도 하는데, 이건 법과 시스템상 우리가 아예 할 수 없는 일이다.

땡스북스의 도서 납품은 해당 프로젝트 규모의 10퍼센트에 해당하는 금액을 큐레이션비로 따로 받고 있다. 이 10퍼센트는 모든 과정을 책임지는 전문 인력의 인건비로, 10년의 경험을 바탕으로 책을 고르고 모은 노동에 대한 수고비다. 어느 기업이건 간에 예산을 쓸 때는 최소 비용 최대 효과가 원칙이기에 우리의 조건은 비용 면에선 조금 부담스러울 수 있다. 하지만 이 10퍼센트를 반드시 고수하는 이유는 앞서 길을 터 놓은 사람이 조건을 너무 헐하게 해 두면 뒤에 따라오는 이들이 힘들 거라는 생각 때문이었다. 지금껏 문화예술 관련 인력이 얼마나 저평가되어 왔는지에는 굳이 긴 설명이 필요치 않을 것이다. 그렇기에 큐레이션 납품이 가능한 책방으로 거의 처음 알려진 우리가 길을 잘 다져 놔야겠다는 생각이 들었고, 우리는 그 비용이 아깝지 않도록 매 순간 최선을 다했다고 자신한다. 그렇게 우리의 손길이 닿은 공간들을 소개한다.

1. 호텔 '도미 인'Dormy Inn 프리미엄 서울 가로수길 라이브러리

'한중일 세 나라가 책을 통해 대화한다'는 주제로 세 나라의 작은 서점들이 모여 협업했다. 이번 납품은 자국自國의 작품을 고르는 게 아니라 한국 서점은 한국에 소개된 일본 작가의 책을, 일본 서점은 일본에 소개된 한국 작가의 책을 고르는 방식으로 진행되었다. 각자의 나라에서 그 책이 사랑받은 이유를 듣는 게 무척 신기했고, 다른 표지를 구경하는 맛도 쏠쏠했다. 중국이나 일본에서 여행 온 사람들이 이 공간에서 자국의 책을 만나며 여독을 조금 풀었으면 하는 마음을 담았다.

2. 해병대 연평부대 내 연평도서관

군부대 내 용도 폐기된 생활관을 정이삭 건축가와 함께 도서관으로 재조성한 프로젝트로, 섬에서의 군 복무라는 고립감을 해소하고 주민과의 소통이 가능한 공간을 지향했다. "What is your book?"을 도서관의 슬로건이자 콘셉트로 삼아 실용, 영화, 철학 등 군 생활 바깥의 다른 세계와 조우할 수 있는 책을 선별했다. 고정관념을 깬 도서관이 되고자 실제 이용자인 장병들의 의견을 적극 반영했고, 연평도서관 운영자들이 추후에도 활용할 수 있도록 이달의 추천 도서를 소개하는 가이드북을 제작했다.

3. 안동 한옥 리조트 '구름에 북카페 오프'Book Cafe OFF

SK행복나눔재단과 안동시가 운영하는 한옥 리조트 '구름에'의 공간 기획부터 도서 납품까지 전 과정을 맡았다. 대표님이 공간 기획을 궁리하실 동안 우리는 한옥 리조트에 쉬러 올 예상 이용객을 고려하여 어떤 책을 비치하면 좋을지 고민했다. 가족 단위인지 연령대가 어떻게 되는지 그 지역에 여행 가는 이유가 무엇인지 등에 따라 선별하는 도서는 완전히 달라지기 때문이다. 가족 모두가 함께 볼 수 있는 책을 여느 때보다 많이 골랐고, 영감과 쉼을 적절히 안배했다.

4. 2019년도 동서식품 '카누'KANU 다이어리 제작

우리에게도 무척 익숙한 카누는 매년 만들던 다이어리에 색다른 변화를 주어 2019년에는 'GOOD COFFEE, GOOD BOOKS'라는 주제로 매주 한 권의 책을 소개하는 위클리 형식으로 제작하였다. 어느 한 주 끝엔, 어느 계절 끝엔 어떤 책이 있으면 좋을까를 내내 고심하며 53권의 책을 선별했다. 이 다이어리를 통해 누군가 한 해 동안 책을 한 권이라도 더 읽는다면 성공이라는 생각으로 준비했다.

물론 숱한 시행착오도 있었다. 공기관에 도서 납품을 진행하는 경우엔 서류의 가짓수도 많아지는 데다 납품 도서 리스트에 기재하는 내용도 달라진다. 이런 점을 처음엔 전혀 알지 못했기에 리스트를 두세 번 수정한 기억이 있다. 또 지방의 납품처까지 도서를 발송하는 도중에 박스가 터져서 책이 분실된 적도 있다. 불행 중 다행으로 추가 납품 건이라 몇백 만 원 단위의 사고는 아니었으나 책이 다 오지 않았다는 전화를 받았을 때는 정말로 아찔했다. 이 사건으로 한 박스에 도서를 어느 정도 담아야 적정 수량인지 정확히 알게 되었고, 멀리 가야 하는 경우는 양해를 구한 뒤 튼튼한 과일박스를 사용하고 있다. 또 한번은 대기업에서 의뢰가 들어온 적이 있는데 그 회사에서는 비용 출금일이 따로 정해져 있어 납품 후에 잔금을 받아야 했던 적이 있다. 일을 시작한 지 얼마 되지 않아 그 개념을 몰랐던 나는 잔금이 입금될 때까지 혼자 몇 주간 마음을 잔뜩 졸이기도 했다. 지금 생각하면 처음이니 할 수 있는 실수들이라 웃을 수 있지만 그때는 매 순간 어찌나 머릿속이 새하얘지던지.

박스 포장까지 마친 수백, 수천 권의 도서를 납품처로 떠나보낼 때면 뭐랄까, 있지도 않은 자식을 떠나보내는 마음일 때가 많다. 이 친구들이 많이 눈에 띄기를, 많이 들춰지고 많이 낡기를, 그래서 누군가에게 좋은 영향을 주는 책이 되기를 바라게 되는 것이다. 이 책들이 놓여 있는 공간을 상상하면 그곳이 하나의 입구 같다는 생각이 들 때도 있다. 땡스북스나 책과 전혀 접점이 없는 사람들을 독서의 세계로 끌어들이는 크고 단단한 입구 말이다.

책을 보내고서 공간이 완성되었다는 소식을 들으면 마지막 단계, 큐레이션 납품 소식을 SNS로 알리고 땡스북스 홈페이지에 아카이빙한다. 처음 몇 번은 비정기적으로 진행한 납품 건이었기에 내부 참고용으로만 간단히 기록해 두었는데, 본격적으로 찾는 곳이 늘기 시작하자 납품 시스템을 제대로 정리하고 싶어졌다. 큐레이션 납품은 앞으로도 지속적으로 수익을 낼 수 있는 길이자 땡스북스의 정체성과 아주 밀접한 일이라고 생각했기 때문이다. 납품을 문의하는 분들이 어떤 점을 궁금해할지 고민한 뒤 그간 진행해 온 납품처들의 사진에 짤막한 설명을 덧붙였고, 전화로만 안내하던 큐레이션 방식도 보기 좋게 정리해 두었다. 그랬더니 홈페이지를 먼저 보고서 납품을 문의하는 경우가 눈에 띄게 늘었고, 납품 과정이나 큐레이션 자체를 설명해야 하는 일이 줄었다. 마우스 휠을 주욱 내려 우리가 맡았던 납품 프로젝트를 구경하면서 뿌듯함을 충전하는 건 덤이다. 우리가 했던 일이 무형이 아닌 유형의 일이었구나, 우리가 또 하나의 공간을 만들었구나, 많이 사랑받으면 좋겠는데, 라고 생각하면서.

이렇게 한 건의 큐레이션 납품이 끝났다. 개인적으로는 의뢰했던 곳에서 또 납품을 문의할 때가 가장 뿌듯하다. 그럴 때면 지난번보다 더 좋은 조건으로, 지난 납품 이후에 나온 책들 중에서 가장 재미있었던 책들로 꼼꼼하게 골라 보낸다. 다음에는 어떤 곳에 어떤 책을 채우게 될까. 작은 소망이 있다면 아주 작은 공간이나 개인도 우리를 찾아 주었으면 하는 것이다. 규모와 상관없이 서로 의견을 맞추고 독서 취향을 알아가는 과정은 정말로 짜릿하고 즐거운 일이기 때문이다.

서점이 아닌 제3의 공간에 놓여 있는 책과 익명의 독자가 만나는 모습을 떠올려 본다. 그 사람이 보내는 시간의 풍경 속에 책들이 있고, 그 책이 누군가의 마음이나 운명까지 바꿀 수도 있을 거라고 상상하면 몹시 두근거린다.

책방이 아닌 곳에도 책이 있는 모습이 너무나 당연해져서 이런 큐레이션 납품이 특별해지지 않는 날이 오기를 꿈꾼다. 그날이 하루라도 빨리 오려면 좋은 책을 발견하는 눈을 잘 벼리고, 앞으로도 어떤 납품 문의가 들어오든 최선을 다하는 수밖에.

이 일을 계속해서 잘해 내고 싶다.

7월

소정

지독한 장마

어제는 그렇게 덥더니 오늘은 비가 주룩주룩 내린다. 운치 있네, 하며 카페 창가에 앉아 바깥의 풍경을 바라보던 때도 있었지…만 그러고 있을 때가 아니다. 어서 우산꽂이부터 내어놓고, 빗물 닦을 마른걸레를 준비해야지.

땡스북스에서 일하며 생각보다 책방이 날씨의 영향을 많이 받는 곳이라는 사실에 놀랐다. 노천에서 영업하는 것도 아닌데 말이다. 날이 좋은 주말이면 갑자기 몰리는 손님들로 분주해지기도 하고 갑자기 추워지거나 비가 쏟아지면 거리가 한산해지면서 손님들의 발길이 뜸해진다. 그래, 이 정도는 충분히 예상 가능하다. 하지만 날씨의 영향이 거기서 그치지 않는 게 문제다. 특히 여름철이면 매장을 관리할 때 신경 쓸 부분이 많은데, 그중 하나가 바로 '습기'다. 당연한 소리지만 책은 종이로 만들어졌기 때문에 습기에 취약하다. 어느 여름날, 카운터에서 보니 평대에 뉘인 책들이 '한 일(一)'자가 아니라 '물결(~)' 모양으로 살짝 울고 있는 게 눈에 띄었다. 집에선 책꽂이에 꽂힌 책들만 보니 알 수 없던 것이다. 장마철이면 후텁지근한 공기와 끈적한 피부보다도 살짝 운 책의 모습으로 습도를 체감하는 사람, 그가 바로 책방 직원이다. 물론 젖은 것이 아니기에 제습기를 풀 가동하면 곧 원래의 모습으로 완전히 되돌아온다. 하지만 기왕이면 울지 않도록 미리미리 습도를 잘 조절해 주어야 한다.

장마철이 걱정되는 이유가 단지 습도 때문이라면 좋으련만, 유감스럽게도 어느 날엔 천장에서 물이 새기도 했다. 책방에 물이 샌다니, 이게 무슨 일인가? 지금 자리로 이전한 첫해에 작은 누수가 발견되어 보수했지만, 그게 끝이 아니었다. 게다가 공사 결과를 그다음 해 장마철이 되어서야 알 수 있다는 치명적인 문제도 알게 되었다. (예, 저도 알고 싶지 않았습니다.) 다행히 물은 한 지점에서만 새서, 위치를 정확히 파악해 비 소식이 있는 날이면 미리 대비해 두고 퇴근했다. 그런데 유독 긴 장마와 기록적인 폭우가 연일 이어지던 2020년 여름에 일이 생겼다. 물이 새는 곳이 하나둘 늘어나 걱정을 조금씩 키워 가던 어느 날, 간밤에 쏟아진 비에 마음 졸이며 출근하니 바닥에 물이 흥건했다. 연일 이어진 폭우로 천장이 머금었던 물이 아래로 샌 것이다. 부랴부랴 책들의 안위부터 확인하고 바닥의 물을 닦기 시작했다. 정신없이 물을 퍼내고 통이란 통은 다 꺼내 물을 받쳤지만, 아무래도 영업이 어려울 것 같았다. 고민 끝에 땡스북스 오픈 이래 처음으로 급작스레 영업을 중단했다. 혼이 쏙 빠진 채로 정리를 마친 우리는 완전히 뻗어 버렸다. 그래도 하늘이 도왔는지 책들을 피해 물이 샌 것에 그저 감사할 뿐이었다. 혹시나 책들이 상했다면…. 어휴, 이 에피소드를 공개할 수도 없었을 테다. 이날 카운터 뒤에서 신문지를 깔고 정승 님과 점심으로 짜장면을 먹는 모습을 찍어 두었는데, 그 사진을 볼 때마다 웃음과 아찔함이 동시에 밀려온다. 2020년 겨울, 다시 한번 천장 보수 공사를 진행했고 지금은 무사하다.

습기 가득한 장마철을 지나 해가 쨍하니 나면 울었던 마음도 조금씩 바삭하게 마른다. 통창으로 쏟아지는 볕을 바라보며 '그래, 내가 이 공간의 이런 모습을 참 좋아했지' 하며 흐뭇한 미소를 띤다. 그러나 이 '빛'이 날 배신할 줄이야. 매일 청소를 하고 책 정리를 하다 보면 싸한 기분이 들 때가 있다. '음… 이 책등이 원래 이런 색이었나?' 하고 떨리는 마음으로 책을 꺼내 보면 아차 싶은 순간이 찾아온다. 과학 시간에 붉은 계열이나 노란 계열의 색이 빛에 빠르게 반응한다는 이야기를 들었던 것도 같은데, 여기서 또렷하게 배울 줄이야. 창가 쪽 책장은 아무래도 빛의 영향을 많이 받으니 더욱 신경이 쓰인다. 그렇다고 시원하게 비워 버릴 수도 없는 노릇. 바래기 쉬운 표지의 책을 진열하거나 꽂을 때엔 최대한 그늘진 쪽으로 둔다거나, 자주 자리를 바꿔 주며 책이 하얗게 질리지 않도록 봐야 한다. (볕 좋은 책방엔 이런 고충도 있답니다.)

일을 시작한 뒤로는 다른 가게에 가면 전에는 알아차리지 못했던 것들이 눈에 들어왔다. 땡북에는 나보다 먼저 들어온 식물 선배님들인 셀렘과 남천을 포함해 이랑 작가님 전시 때 들인 몬스테라며, 거래처 과장님이 분양해 준 마조니아가 무럭무럭 자라고 있다. 책방의 식물들을 열심히 돌보다 보니 카페나 식당 한쪽에서 쓸쓸히 말라가거나 이미 먼 길을 떠난 듯한 식물들에 자연스레 눈이 간다. 채광이 좋은 카페 창가에서 느긋하게 커피를 마시는데, 볕이 약간 뜨거워지려는 순간 순식간에 나와 블라인드를 내리고 해가 질 때면 다시 블라인드를 걷고 테이블 위 조명을 켜는 사장님에게서 섬세함을 발견한다. 반가운 봄비에 가게 안 식물들을 내어 놓고 빗물을 마시게 하는 어떤 가게 앞을 지날 때는 부지런함을, 조그맣게 판자를 덧대어 삐걱거리지 않는 테이블에서는 다정함을 본다. 누군가는 '당연한 거 아냐?'라고 할지 모르지만, 그 당연함을 위해 구석구석 들여다보고 부지런히 돌본 '누군가'와 그의 노력을 떠올리게 된다. 그냥 깔끔하고 그냥 편리한 건 없다는 걸 이제는 잘 알기 때문이다.

8월

정승

동네서점, 이렇게 이용해 주세요

땡스북스 문을 열고 들어오면 바 테이블 끝에 있는 노랑노랑한 작은 포스터를 보신 적 있을 것이다. 또는 큰 가방이나 쇼핑백을 가지고 오신 날, 마시던 음료를 들고 책방에 들어오신 날엔 별도로 직원의 안내를 받은 적 있을 것이다. 이 모든 건 올봄부터 시작한 '동네서점 사용법'이라는 캠페인의 일환이다.

작년 봄, 혼자 근무하는 날마다 어떤 손님이 왔다. 매번 다른 손님이 전혀 없는 저녁, 느긋하게 매대를 둘러보며 꼼꼼히 책을 살피는 모습이 유독 인상 깊었다. 그렇게 한 번, 두 번, 세 번. 세 번째 왔을 때는 문득 느낌이 이상했다. 그 손님이 가져온 아주 큰 쇼핑백이 눈에 밟혔다. 나는 슬쩍 옆으로 가서 "가져오신 쇼핑백은 테이블에 놓고 편하게 보시면 돼요."라고 안내했고, 그 손님은 알겠다고 답했다. 그러더니 내가 신경 쓰는 게 느껴진 건지 얼마 지나지 않아 빠르게 책방을 나갔다. 뭔가 찝찝했다. 왜 이렇게 찝찝하지 싶었는데 그 손님이 매번 아주 큰 쇼핑백을 들고 왔던 게 문득 떠올랐다. 설마 아니겠지 하면서 그냥 확인만 하자는 마음으로 지난 한 달간 나 혼자 일했던 날들의 CCTV를 돌려 보았다. 제발 아니길 바라며 제멋대로 뛰는 심장을 진정시키려는 순간, 심장이 밑도 끝도 없이 내려앉았다. 영상 속 그 손님은 살짝 쭈그리고 앉아 쇼핑백에 말 그대로 책을 '때려 넣고' 있었다. 그것도 세 번 모두 같은 자리에서 같은 방식으로 말이다.

그 자리는 쭈그려 앉으면 내 시선이 닿지 않는 곳으로, 매대 위의 책은 사라지면 티가 나니까 매대 아래의 책들을 순식간에 마구 집어넣고선 빈 곳에는 다른 책을 옮겨 와 이상한 점을 쉽게 발견하지 못하게 했다. 이루 말할 수 없을 정도로 속상했다. 눈치를 못 챈 나 자신과 작은 서점에 와서 이러는 도둑에게 화가 났다.(대형

서점이라고 해서 괜찮다는 이야기가 아니다.) 어떻게 한 권도 아니고 여러 권을, 그것도 여러 번이나. 휴무인 소정 님에게 전화를 걸어 상황을 뒤죽박죽 설명하고선 경찰에 신고했다.

인상착의며 오는 시간이 비슷했기에 나는 금방 해결되리라 생각했다. 하지만 경찰은 늘 부족한 인력으로 온갖 사건을 처리해야 하기에 우리 사건에만 매달릴 순 없었고, 결국 몇 개월 뒤에 미해결 사건으로 종결되었다. 그렇게 우리에게 남은 건 큰 쇼핑백에 대한 의심과 믿음에 난 상처뿐이었다. 그날 이후로 우리는 입구가 봉해지지 않은 쇼핑백이나 큰 가방을 들고 오는 분들께 "가져오신 큰 가방은 테이블에 두고서 둘러보시겠어요?"라는 안내를 시작했다. 의심해서가 아니다. 의심하기 '싫어서'였다. 안내를 받은 손님들의 반응은 크게 두 가지로 나뉘었다. 도난 문제로 안내한 것임을 알아채고서 협조해 주는 손님, 짐이 무거워 보여 안내한 거라는 호의로 받아들이고서 가방을 지니고 있기를 선택한 손님. 후자의 경우 그때부터 우리의 신경은 고스란히 그쪽으로 쏠렸다. 가방 부스럭거리는 소리와 쇼핑백에서 휴대폰을 넣고 빼는 모습에 예민해졌다. 그다지 유쾌한 안내는 아니니 재차 이야기하기는 어려웠다. 다행히 도난 사건은 만에 하나 있었던 일이므로 그 후로 아무 일도 없었지만 그 현장을 발견했던 나는 하루가 다르게 신경이 곤두섰다. 안내할 땐 심장이 터질 것 같았고, 돌아오는 반응에는 안도와 야속함이 자주 교차했다.

친한 친구들에게 이런 상황을 이야기했더니 깜짝 놀라며 "그런 식으로 훔치다니, 정말 생각도 못했어. 일하는 직원에게는 내 가방이 그렇게 보일 수 있다는 것도 네가 말 안 했음 몰랐을 거야."라고 말해 주었다. 나도 대형마트에서 쇼핑백에 스티커를 붙여 준 적이 없었다면, 상품을 판매하는 매장에서 일하지 않았다면 전혀 몰랐을 테다. 친구들의 이런 의견을 듣다 보니 도난뿐만 아니라 정말 '몰라서' 벌어지는 책방의 사소한 일들이 같이 떠올랐다.

가령 이런 것들이다. 책을 필요 이상으로 쫙 펴서 보는 것(한번 쫙 펼친 책은 흔적이 남는다), 읽던 책을 뒤집어 놓고 그 위에 팔꿈치를 얹어 휴대폰을 보는 것(책이 벌어지고, 벌어진 책은 판매가 잘 안 된다), 음료를 들고 다니면서 책을 보는 것(컵에 맺힌 물이 책에 떨어지거나 쏟을 수도 있다), 도서 내지를 많이 촬영하는 것(저작권 보호가 안 된다) 등등. 말하자면 끝이 없는 이 사소한 일들은 대부분 그저 습관이고 무의식중에 하는 행동이었다. 그렇다 보니 나쁜 의도는 전혀 없어서 안내를 하면 '아차!' 하고 미안해하는 분들이 많았다.

책을 사는 것도 옷을 살 때랑 마찬가지다. 나에게 맞는지 안 맞는지 입어 보고 신중히 골라야 하는데, 그럴 때 우리는 습관처럼 옷을 입는 대신 페이스 커버를 착용하고 목, 팔 순서로 조심스레 입어 본다. 책을 고르는 것도 딱 그만큼만 신경 써 주면 좋을 텐데 싶었다. 그러자 문득 '상대방이 어떤 의도를 가진 게 아니라 정말 몰랐던 거라면, 조심스레 알려 주면 되지 않을까?' 하는 생각이 들었다. 앞서 사소한 일들이라 적긴 했지만 많은 동네서점이 이런 상황을 고질적인 큰 스트레스로 여기고 있는 것 또한 너무 잘 알고 있었다. 각자의 자리에서 손님들에게 안내할 때마다 심장이 콩콩 뛸 서점인들의 모습이 떠올랐다. '이게 우리만의 문제는 아니면서도 개선할 수 있는 거니까 캠페인이라는 방식을 사용하는 건 어떨까?' 에서 시작한 아이디어는 일사천리로 뻗어가 '동네서점 사용법'에 이르렀다.

'동네서점 사용법'의 방식은 이렇다. 서점이 손님

에게 전하고 싶은 부탁의 말을 한 컷의 그림으로 만들어 SNS에 안내하고 출력하여 책방 내에 부착하는 것이다. 동네서점의 따뜻한 이미지는 정말로 소중하지만, 그 이미지에 반하는 단호한 목소리를 내기 어려울 때가 종종 있었기에 이렇게 단정한 권유의 방식을 취하면 감정을 소모하는 대신 세련된 해결책이 되리라는 확신이 들었다. 그렇기에 이 작업만큼은 동네서점의 상황을 충분히 알고, 땡스북스를 오래 아껴 준 분과 함께하고 싶었다. 그러자 단박에 수신지 작가가 떠올랐다. 사회의 꼭 필요한 곳에 힘주어 목소리를 내는 수신지 작가의 단호하고도 따뜻한 그림이라면 우리의 상황과 마음이 잘 전달될 것 같았다. 거래처로서도 손님으로서도 땡스북스와 긴 시간을 함께하고 계시기에 우리의 마음을 담아 연락을 했고, 얼마 지나지 않아 동네서점의 상황을 익히 들어 충분히 공감한다며 꼭 함께하고 싶다고 흔쾌히 수락해 주었다.

우리는 가장 알리고 싶은 상황 네 가지를 골라 땡스북스의 상황에 맞추되 다른 서점에서도 사용할 수 있는 텍스트와 이미지를 수신지 작가에게 전달했다. 스케치가 담긴 메일을 열었던 그날, 소정 님과 나는 정말로 기쁘고 감사해서 덩실덩실 어깨춤을 췄다. 메일엔 우리가 생각했던 것 그대로, 아니 그 이상으로 꼭 맞는 그림이 담겨 있었다. 우리의 뜻이 오해 없이 가닿을 수 있도록 세심히 마음 써 준 게 느껴졌다. 우리는 그 그림에 캠페인을 시작하게 된 계기를 적어 새해의 시작과 함께 SNS를 통해 알리고, 다른 동네서점에도 아낌없이 내어 주었다. 바로 옆 동네부터 제주도까지, 전국의 동네서점으로부터 함께하고 싶다는 연락이 속속들이 도착하는 메일함을 보며 애틋함과 뿌듯함이 기분 좋게 뒤섞였다.

경험이 적은 예전의 나라면 도난이 있던 그날 이후로 큰 가방을 가지고 오는 분들에게 일일이 설명하는 방법만을 택했을 것이다. 당장 눈앞의 상황은 해결했을지언정 전체적으로는 나아질 리 없는 안내를 반복하며 서로 얼굴을 붉히고 속은 속대로 곪았을 것이다. 이번엔 달랐다. 그렇게 하는 대신 이 상황을 부드러우면서도 단호하게 알릴 수 있는 방법을 고민했고, 우리와 비슷한 상황인 다른 동네책방에도 도움을 주고 싶었다. 이 캠페인을 대표님께 말씀드리자 "너무 좋아요, 예전엔 볼 수 없었던 것까지 보인다는 건 성장했다는 증거예요. 잘해 봅시다."라고 해 주셨다. 화내고 낙심하기보다는 해결책을

도서 촬영을 금합니다.
창작자의 저작권 보호에 동참해주세요.
오! 예쁘다!
찰칵
찰칵
동네 서점 사용법

모든 도서는 판매하는 상품입니다.
도서가 상하지 않도록 조심히 다뤄주세요.
꾸욱
꾸깃
으아아!
동네 서점 사용법

음료는 테이블 위에 올려놓고 보세요.
물에 취약한 책을 지켜주세요.
이거 맞나?!
책이 젖고 있어요TT
동네 서점 사용법

큰 가방은 테이블에 올려놓고 보세요.
분실 방지 및 편안한 서점 이용을 위해
동참해주세요.
우리는
여기에서
쉬고 있을게!
동네 서점 사용법

찾는 자세, 나무가 아닌 숲을 보는 자세, 기왕이면 다른 사람에게도 도움을 주는 자세는 땡스북스에서 5년간 가장 크게 배운 것이었다.

이제 더는 손님에게 긴 안내를 드리지 않는다. 땡스북스 내에 붙어 있는 캠페인 포스터를 많은 분이 직접 읽기 때문이다. 책이 세상에 처음 태어났던 깨끗한 모습으로 새 친구를 잘 만나러 가길 바라는 마음이, 책방을 꾸려 가는 일꾼과 오는 손님 모두가 행복한 공간이기를 바라는 마음이 비로소 잘 전달되고 있다고 느끼는 요즘이다. 흔쾌히 힘을 보태 주신 수신지 작가님께 다시 한번 감사드리며, 책방의 안내에 적극적으로 협조해 주신 손님들께도 감사를 전한다.

당신의 마음 덕분에 동네서점의 다정함과 평화로움이 온전히 지켜지고 있습니다.

소정

우리의 대화는 이런 것입니다*

합정은 사계절 내내 사람들로 거리 곳곳이 북적이는 동네지만, 여름이 되니 책방 앞 골목이 더욱더 활기차다. 하지만 시끌벅적한 거리를 뒤로하고 책방 문을 여는 순간 공기가 사뭇 달라진다. 차분한 분위기에 목소리를 낮추는 손님들. "와, 책 냄새! 나 이 냄새 너무 좋아." 하는 말부터 "쉿, 조용히 이야기하자" 속삭이는 말들이 들린다. 문 하나로 나뉜 두 세계의 온도 차를 기꺼이 즐기며 고요한 세계로 발을 들여놓는 이들의 모습을 보는 일은 늘 기쁘다. 그러니 더욱 반갑게 외친다.

* 박시하 시인의 시 『히로시마 내 사랑』의 한 구절이자 해당 시가 수록된 시집의 제목.

'어서 오세요!'

다음에는 어떤 풍경이 이어질까? 동네서점이라고 하면 어쩐지 조금 다정한 모습을 기대할지도 모르지만, 땡스북스는 손님과 적당히 거리를 두는 방식을 취한다. '좋아하는 책을 읽는 기쁨도 크지만, 좋아하는 책을 편안한 공간에서 고르는 기쁨도 큽니다'라는 홈페이지의 책방 소개문처럼, 책과의 시간을 조용히 즐기고픈 분들을 위해 우리는 땡스북스만의 편안함을 조성하려고 한다. 그래서 다정하게 말을 걸고 안부를 묻지 않으면서도 편안하고 자유롭게 둘러볼 수 있도록 한다. 나 역시 땡스북스에 손님으로 왔을 때 그 편안함에 취해 오랫동안 머물곤 했다. 따뜻한 노란 빛과 적당한 볼륨의 음악이 흐르는 책방에서 홀린 듯 시간을 보낸 뒤 양손 무겁게 들고 지하철을 타러 갔던 기억이 새록새록 떠오른다.

손님에서 직원이 되고 나니 이 분위기가 땡스북스식 '말 걸기'라는 것을 알게 됐다. 땡스북스는 직접 친근하게 말을 건네는 대신 노란 불빛으로, 흐르는 음악으로, 무엇보다 책으로 손님들에게 말을 건다. 밤낮으로 늘 불을 밝히고 있는 쇼윈도에서는 매달 새로운 전시가 열리고, 매대에는 하루에도 몇 권씩 새로운 책이 오른다. 도서 입고부터 진열, 음악, 공간에 녹아든 큐레이션이라는 행위를 통해 "땡스북스는 이런 책을 이렇게 소개하는 곳입니다."라고 말을 건네는 것이다.

때론 궁금하다. 이곳을 찾아 주는 분들은 우리의 말 걸기를 어떻게 받아들이고 있을까? 책방 곳곳에서 만나는 여러 반응들로 짐작해 본다. 우연히 지나가다 들렀는데 공간이 참 좋다고 이야기해 주는 분, 쇼윈도 전시나 코너를 진득히 보고 이번 전시가 좋아서 생각보다 많이 사 간다는 반응을 보이는 분들. 대화를 제대로 나눈 적은 없지만 자주 와서 책을 한 아름씩 구매해 가던 단골손님이 좋아하는 빵집에서 산 빵을 나누고 싶다며 잔뜩 안겨 주기도 하고, 어떤 분은 꽃꽂이를 배우고 있다며 꽃을 나눠 주기도 했다. 거기에 익숙한 분은 아니라고 생각했는데 결제할 때 슬쩍 보니 엄청난 포인트를 쌓은 분까지. 이렇게 저마다의 답을 마주할 때면 참 많은 분들이 오랜 시간 묵묵히 이 공간을 지켜 주셨구나 싶어 감사한 마음이 든다.

한편으론 별말 없이 그저 반짝이는 눈동자로 책장을 둘러보고, 〈금주의 책〉이나 〈땡스, 페이퍼!〉를 오래도록 읽고, 그렇게 골라든 한 권의 책으로 답을 들려 주는 분들도 있다. 틈틈이 SNS에서 해시태그 '땡스북스'를 검색해 보며 반응을 살피는데, 조용히 책을 구매한 분이 공간이나 큐레이션, 기획 등에 대해 정성스레 적은 글들을 보면 '말하지 않아도 알아요'라는 오래된 CM송이 들려오는 것도 같다.

그러다 그 마음을 직접적인 형태로 만날 수 있는 기회가 생겼다. 더 정확히는 '그런 기회를 만들었다'고 해야겠다. 무슨 소리냐고? 바로 10주년을 기념해 기획한 코너 〈취향의 연결〉 이야기다. 다른 건 몰라도 10년 동안 이곳을 아껴 준 단골손님들과 함께 축하하는 자리만큼은 꼭 마련하고 싶었다.

손님들과 대화가 많은 책방은 아니지만 우연한 기회로 단골손님과 이야기를 나누다 보면 재밌는 일을 하거나 취향이 확고한 분들이 많아 흥미로웠던 경우가 종종 있다. 이렇게나 다양한 삶을 살아가는 이들이 '땡스북스의 단골'이라는 공통점을 확보한 사이라니, 이 취향의 공동체를 우리만 알고 있기에는 너무 아까워 이번 기회에 손님들 사이에 다리를 놓아 보기로 했다. 그리하여 2021년 한 해 동안 매달 3명씩, 단골손님이 자신의 이야기와 함께 좋아하는 책 두 권을 소개하는 코너를 진행하기로 했다. 우리는 2020년 연말부터 단골손님들을 섭외하기 시작했다. 단골손님들이 책방에 오셨을 때 조심스럽게 말을 걸며 코너를 간단히 설명하자, 많은 분들이 흔쾌히 참여 의사를 밝혔다. 과연 어떤 글들이 도착할까 궁금해하는 사이 하나둘 답신이 도착했다.

글 속에는 힘이 되는 말들이 가득했다. 다양한 모양으로 쌓여 가는 말들에 우리는 자주 놀라고 감동했다. 이번 기회로 알게 된 손님들의 정체(!)는 성악가, 앱 개발자, 한국문학 번역가, 디자이너, 편집자 등 정말 다채로웠다. 사연도 마찬가

땡스북스 10주년
취향의 연결
THANKSBOOKS
10
2011-2021

지. 꼬박 10년의 기억을 모두 가진 분부터 학생 때 처음 왔다가 이제는 근처 거래처 직원이 된 분, 연인에서 부부가 되어 이제는 귀여운 아이와 셋이 함께 오는 분들까지. 이들의 이야기에서 지난 세월을 실감했다. 단골손님들이 어떤 마음으로 땡스북스를 방문했는지를 활자로 확인하는 일은 더없이 즐겁고 기쁜 일이었다.

우리가 당신에게 말을 거는 방식이 있듯, 그들 역시 그만의 방식으로 우리에게 진득한 응원을 보내 왔음을 안다. 한 책의 제목처럼 '오래 준비해 온 대답'을 비로소 들었다고 할까? 이제는 '말하지 않아도 알아요'를 속으로 흥얼거리는 대신 '우리의 대화는 이런 것입니다'라고 자신 있게 말할 수 있다.

9월

정승

신뢰를 쌓는 일

매월 1일부터 사나흘 정도는 월초 정산으로 몹시 바쁘다. 땡스북스와 거래하는 출판사들에 지난달 판매 내역을 알려야 하기 때문인데, 백여 곳의 데이터를 하나하나 긁어 엑셀 파일로 만들어 메일을 보내야 한다. 그 일에 더하여 3, 6, 9, 12월에는 분기별 정산처도 챙겨야 하는데, 백 곳의 거래처를 추가로 정산해야 한다는 뜻이기도 하다. 정산은 정확한 데이터를 바탕으로 큰돈이 오가는 일이기에 정신줄을 꽉 붙잡아야 한다. 처음 정산 업무를 인계 받았을 땐 몇 군데 안내 메일을 보냈을 뿐인데 하루가 끝나 버려 어찌나 당황했던지. 하지만 이제는 이틀이면 충분하다. 물론 분기별 정산 때는 일주일 정도를 꼼짝 없이 매달려야 하지만. 이렇게 출판사마다 판매 내역을 알리는 건 우리가 모든 도서를 '위탁 직거래'로 받고 있기 때문이다.

땡스북스는 출판사와 직접 연락하여 위탁으로 도서를 받고 있다. 쉽게 말하자면 외상으로 책을 받은 후 나중에 결제하는 것이다. 이렇게 할 수 있었던 이유는 민망하게도, '정말 아무것도 몰랐기 때문'이다. 책방 오픈을 준비하던 시기, 책을 매입할 목돈이 없었던 대표님은 독자로서 좋아하던 출판사들에 무작정 메일을 돌렸다. 아무런 반응이 없는 건 당연했다. 출판사는 생전 처음 보는 서점에 보증도 없이 책을 내 줄 이유가 조금도 없기 때문이다. (딱 한 곳에서 답이 왔는데 '어렵다'는 정중한 거절이었다고.) 책방에 책이 있어야 책방인데, 팔 책이 없어 걱정하던 대표님은 일하며 인연을 맺었던 출판사 여섯 곳의 호의로 책을 받을 수 있었다. 조금은 썰렁하고, 긍정적으로 말하면 이제 채우는 일만 남은 땡스북스는 그렇게 문을 열었다.

이 당시 이야기는 들을 때마다 그저 신기할 따름이다. 위탁 거래를 제안할 생각을 한 우리 대표님과 기꺼이 손을 잡고서 책을 내어 준 출판사 간의 '믿음의 연결 고리'를 떠올릴 때면 설명하기 어려운 존경심이 솟는다. 우리는 그런 귀한 믿음을 저버리지 않고자 매달 빠짐없이 판매 내역을 공유했고 정산 날짜를 철저히 지켰다. 조금은 과장된 표현이지만 이건 '자존심을 건' 일이기도 했는데, 금쪽같은 새끼이자 피땀 흘린 창작물이며 생계 수단인 책을 맡겨 준 상대방을 불안하게 만드는 건 말이 안 된다고 생각했기 때문이다. 그렇게 1년, 3년, 5년, 10년을 하다 보니 '땡스북스가 정산을 정말 칼같이 잘하더라'라는 소문이 돌면서 책을 먼저 믿고 맡기는 출판사가 늘었고, 그렇게 여섯 곳이었던 거래처는 이젠 이백 곳을 훌쩍 넘겼다.

위탁은 목돈 없이 시작할 수 있다는 점과 반품이 가능하다는 조건 때문에 굉장히 쉽게 생각할 수 있지만 결코 쉬운 일이 아니다. 도매상인 총판을 통해 책을 선결제로 사 들이면 일의 단계는 간단해진다. 정산 창구가 하나로 모이고, 내가 모든 리스크를 책임진다는 어떤 자유 아래 책방을 꾸리면 되는 것이다. (당연히 진짜 자유는 아니다. 누군가와 함께 괴로울 것이냐, 나 혼자 독박으로 괴로울 것이냐의 차이일 뿐. 잘 팔고 싶은 마음에 기쁘게 받았다가 악성 재고가 되어 마음의, 그리고 책방의 짐으로 무겁게 쌓이는 책들이 있다.) 하지만 위탁은 그럴 수가 없다. 남의 물건을 '잠시 빌려 온' 것이기 때문이다. 상품을 철저히 관리해야 하고, 호기롭게 가져온 책들은 최대한 팔아야 한다. 책을 서점을 내보낼 때엔 출판사에서도 기대할 텐데, 그것이 고스란히 반품으로 들어온다면? 정말로 책의 아쉬운 점 때문에 판매로 잘 이어지지 않을 때도 있지만, 그 이유가 아니라면 서로가 속상한 것이다. 반품이 잦아지거나 상태가 너무 안 좋은 책을 반품하기라도 한다면 앞으로는 책을 받지 못할 수도 있는 상황까지 생각해야 한다. 그렇기에 쉽게 반품할 수 없다. 잠시 빌려 온 책들이 가득한 책장을 볼 때면 때로는 너무 막막하고 앞으로의 시간이 아득해서 숨이 턱 막힐 때도 있다.

정확한 도서 재고 관리를 위한 거래 내역 대조도 필수다. 책을 입고하고 출고하고 판매하는 것도 모두 사람이 하는 일이기에 주기적으로 거래 내역을 꼼꼼히 살펴 오류를 최대한 줄이는 일은 매우 중요하다. 이토록 손이 많이 가는 과정을 그럼에도 해 내는 건 출판사 측에서도 이 예외적인 거래 방식을 잘 유지하고자 함께 수고로움을 감당하고 있다는 걸 너무 잘 알고 있기 때문이다. 직거래처를 담당하는 직원이 따로 있어야 하고, 그 담당자가 주문을 빠짐없이 챙겨야 하며 출고와 수금 내역에 이상이 없는지 꼼꼼하게 관리해야 하니까.

동네서점의 수가 폭발적으로 증가하던 4~5년 전까지만 해도 동네서점의 시도를 응원하며 흔쾌히 위탁으로 책을 내어 주는 출판사가 제법 있었는데, 그 수가 점점 줄어서 이제는 거의 없는 걸로 알고 있다. 앞서 이야기한 것처럼 담당 인력이 없다면 관리 방식이 꽤 어려운데다 정산이 제때 안 되는 경우가 많아서라고 한다. 땡스북스도 여전히 마이너스가 나는 달이 종종 있고, 그마저도 대표님이 그래픽 디자이너라는 본업이 따로 있기에 맞출 수 있는 수익이므로 정산의 어려움을 모르지 않는다. 매달 중순 즈음이면 통장 잔고와 앞으로 들어올 돈을 아주 보수적으로 셈하고서는 한숨을 푹 내쉬곤 하니까. 하지만 정말 냉정하게 말하자면 이건 내 사정이지 상대방은 알 바가 아니다. 우리가 월급 받는 걸 생각해 보면 쉽다. 노동을 제공하고 약속한 날짜에 돈을 받기로 계약한 것처럼, 책이라는 상품 또한 제공 받고서 그 값을 제때 정확히 치르는 게 기본이다. 얼마 전에는 동네서점들과 적극적인 이벤트를 꾸준히 시도하는 한 출판사로부터 정산을 제때 해 주십사 간곡히 요청하는 전체 메일을 받기도 했다. 받자마자 마음이 몹시 착잡해졌다. 거래처 간의 신뢰는 일시적인 협업이나 스몰 토크가 아닌 정확한 정산에서 나오는 법인데. 메일을 읽는 내내 마음이 좋지 않았다.

정산은 서점 생태계의 다양성을 위해서도 아주 중요한 일이다. 정산이 제때 되지 않으면 출판사에서는 직거래를 끊을 수밖에 없고, 작은 동네서점은 도매상을 통해서만 주문해야 하는데, 그렇게 되면 도매상을 이용하지 않는 출판사의 책은 아무리 좋아도 들일 방법이 없다. 작은 동네서점의 큐레이션은 점점 비슷해지고 소비자의 선택폭은 줄어들며 동네서점의 수는 다시 줄고 결국 함께 고락을 나눌 업계 동료를 잃게 된다. 그러므로 우리는 남의 물건을 받아 파는 일에 대해 좀 더 뾰족해져야 한다. 수많은 곳을 한꺼번에 정산하다 보니 간혹 실수는 있을지라도, 정산의 무게를 잘 알고 그를 바탕으로 쌓이는 신뢰를 앞으로도 중요하게 여기고 싶다. 이 과정에는 동네서점의 낭만이 낄 자리가 없으니 말이다.

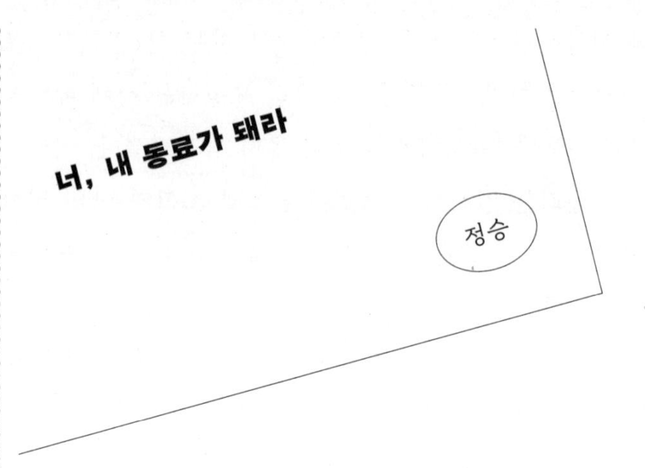

너, 내 동료가 돼라

정승

3년 전 가을에는 땡스북스 10년의 시간 중에서 두 번째 정직원 채용 공고를 냈다. 작은 동네서점이다 보니 가뭄에 콩 나듯 자리가 나는 터라, 공고를 낸 후엔 땡스북스 홈페이지가 트래픽 초과로 며칠 마비되기도 했다. 많은 분이 보내 주신 관심과 애정이 놀랍고 감사했다. 여러 명이서 복닥복닥 함께 일할 수 있다면 좋겠지만, 작은 책방이기에 한 명의 동료를 뽑아야 했다. 면접에서 만난 소정 님은 그보다 앞서 2년 전에 만났을 때와 변함없었다. 무슨 말이냐 하면 우리는 이미 구면이었는데, 소정 님이 파트타이머 모집에 지원한 적이 있기 때문이다. 그 당시엔 더 맞는 분을 만나게 되어 함께하지 못했는데, 2년 뒤 소정 님이 다시 입사 지원서를 넣은 것이다. 땡스북스에 대한 애정 넘치는 지원서를 받고서 정말 오래 고민했다. 한 번 더 만나자고 하는 게 너무 어려웠기 때문이다. 만났다가 혹시라도 다른 분과 함께 일하게 된다면, 우리가 뭐라고 한 사람에게 두 번씩이나 '당신은 저희와 함께할 수 없습니다'라고 말할 수 있을까. 용기 내 다시 한번 지원한 소정 님만큼이나 우리도 용기를 내어 결정해야 했다. 다행히 다시 만난 소정 님은 그때나 지금이나 좋은 기운을 뿜어내는 사람이었고, 나와 반대이면서도 합을 잘 맞춰갈 수 있는 분이 동료가 되었으면 했던 바람과도 딱 맞아떨어졌다. '이분과 함께 일한다면 적어도 후회는 안 하겠다. 무슨 일이 있어도 내가 기꺼이 커버할 수 있겠다'는, 이상하리만치 견고한 확신이 들었다.

예상은 그대로 적중했다. 우리는 아주 약간의 교집합만을 가진, 각자의 캐릭터가 뚜렷한 사람들이었다. 이웃 양말 가게 아이헤이트먼데이에 가서 양말을 고를 때면 반짝이부터 망사까지 고르는 소정 님과 줄곧 체크 무늬와 줄무늬만 고르는 나, 여기저기 재미난 소식들을 빠르게 흡수하여 기꺼이 즐기는 소정 님과 되도록 담쌓고 사는 걸 좋아하는 나, 흥이 넘치는 최신곡을 좋아하는 소정 님과 록을 좋아하는 나, 바퀴벌레는 잘 때려 잡지만 여치는 못 잡는 소정 님과 바퀴벌레 외의 모든 벌레 잡기에 능한 나, 톡톡 튀고 쨍한 원색의 책 표지를 좋아하는 소정 님과 차분하고 톤이 다운된 표지를 좋아하는 내가 매일매일 합을 맞춰 나갔다.

성격도 마찬가지다. 무슨 일이 생겨도 내색 않는 소정 님과 밥솥처럼 화를 폭폭 잘도 내는 나, 조심스러운 소정 님이 망설이는 동안 재밌는 아이디어라면 일단 시작하고 보는 나, 나무의 무늬까지 볼 줄 아는 소정 님과 숲의 크기를 보는 내가 있었다. 일하면서 속상한 점이나 어렵게 느끼는 부분, 마음이 흔들리는 지점도 각자 달라서 서로가 고민에 빠져 있을 때에는 옆에서 스윽 하고 건져 내면 그만이었다. 친구로 만났어도 참 좋았겠지만 일터에서, 반대라 좋은 사람을 만나는 건 쉽게 오는 행운이 아님을 깨닫는 데엔 그리 오랜 시간이 필요하지 않았다. 나는 반대여서 좋을 수도 있다는 걸 회사를 다니고서야 처음 알았다.

이렇게 다른 두 명이 고르는 책은 어떨까. 한 번은 이런 일이 있었다. 작년 연말, 각자 한 해 동안 읽은 책 중 가장 좋았던 15권을 뽑아서 비교해 본 적이 있다. 우리는 서로의 리스트에서 겨우 두세 권 읽은 게 전부였고, 나머지는 아주 특별한 계기가 없는 이상 앞으로도 읽기의 우선순위에 없을 책들이었다. 관심 있는 분야도 다르다. 소정 님은 일상을 살뜰히 돌보는 책과 인터뷰집, 영화, 공간 관련 책에 관심이 많다. 반면 나는 죽음, 사랑, 인간의 존엄성, 반려동물 관련 책들에 마음이 간다. 서로 관심사가 제법 다른 듯하지만 또 완전히 동떨어진 건 아닌 것이, 우리 두 사람의 관심 분야를 모아 한 줄로 정리하면 이렇다. '잘 살고 싶은데 어떻게 잘 살 수 있는지 구체적인 방식을 알려 주는 책'. 그런 책들이 땡스북스에 복닥복닥 모여 있다.

나 혼자 책방을 꾸렸으면 절대 몰랐을, 그래서 누군가에게 권하지도 못했을 세계를 동료가 가지고 왔다. 생각해 보면 땡스북스는 늘 그래 왔다. 혜영 선배와 지혜 선배가 꾸려 갈 때도, 나와 혜영 선배가, 나와 한별 님이 꾸려 갈 때도 마찬가지였다. 서로의 세계를 퍼즐 맞추듯 탐구하고 조금씩 이해해 나갔다. 반대였기에 한 가지를 보더라도 두 가지 이상으로 해석할 수 있었고, 보듬을 수 있는 부분이 달라 서로가 지치지 않게 북돋울 수 있었다. 그렇게 땡스북스라는 우주는 한껏 팽창해 왔다. 그 안에는 색색깔의 별들이 있고 지금 이 순간에도 각기 다른 빛을 뿜어내며 폭발과 소멸, 생성을 반복하고 있다. 그렇기에 땡스북스에 놓인 책을 보며 한 사람의 취향인 것 같은데 또 아닌 듯한 느낌을 받은 적 있다면, 정확하다. 완전히 반대인 두 우주가 만나 내놓은 또 다른 세계이기 때문이다.

서점을 꾸려 나가는 건 꼭 한 마리 백조가 헤엄치는 것 같다고 생각한다. 잔잔한 수면 밑에서 끝없이 발을 저어야 하는 일. 남들이 보기엔 편안해 보이고 짬 나면 책도 읽을 것 같지만 매일 대소사를 바삐 처리하고, 그러면서도 오는 손님들을 그저 하염없이 기다려야 하는 인내가 필요한 일. 바쁜데 외롭고, 외로운데 바쁜 일이기에 정말로 서점에서 일할 생각이 있다면 내가 혼자 일하는 게 맞는 사람인지, 다른 사람과 함께 있는 게 맞는 사람인지부터 고민할 필요가 있다. 나라는 사람은 몇 명 정도의 규모를 편하게 여기는지, 일하면서 쌓인 스트레스는 어떻게 푸는지, 일을 마치면 누군가와 맥주를 진하게 마시고 헤어지는 걸 좋아하는지 등을 찬찬히, 아주 꼼꼼하게 살펴야 한다. 참고로 땡스북스에서 6년간 나를 관찰한 결과, 나는 혼자 일하는 게 맞지 않는 사람이었다.

그래서 동료의 존재가 더 귀하다. 앞으로도 책방을 함께 꾸려 가는 동안 많이 부딪히고 조율하고 서로를 설득해야겠지만, 그만큼 함께 웃고 응원할 일 또한 우리를 기다리고 있다고 생각하면 내일이 궁금해진다.

3년 전 가을로 시간을 돌려 본다. 내 앞에 사람 좋아 보이는 소정 님이 조금은 긴장한 채로 앉아 있다. 나는 말한다. "기운이 정말 특별하세요. 우리 3년 넘도록 지지고 볶으며 정말 재밌게 지낼 것 같은데. 저의 동료가 되어 주시겠어요?"

좋아해

10월

정승

이인삼각의 자세

오늘 점심은 유유출판사분들과 함께 먹기로 했다. 유유는 단단하고 알찬, 그러면서도 재미를 지향하는 인문교양서를 만드는 출판사로 애서가들의 굳은 지지를 받는 곳이다. 우리에게 도서 출간을 먼저 제안하기도 한 유유 대표님은 무엇보다 매달 안내하는 정산 메일에 "이번 달도 저희 책 파시느라 노고 많으셨습니다."라는 답신을 한 번도 빠트리지 않고 보내 주기도 했다.

출판사와 직거래하면 좋은 점은 이렇듯 담당자를 구체적으로 알고, 그(출판사)와 끈끈한 연결고리를 만들 수 있다는 데 있다. 컨택 포인트를 잡기 어려울 정도로 담당자가 베일에 싸인 출판사와 얼굴과 이름을 알고 인사를 나눈 담당자가 있는 출판사는 다르다. 오가는 대화도, 협업의 범위도 달라지기 때문이다. 이렇게 이어진 연결고리를 단단하게 잘 이어 가려면 서로 간의 신뢰가 무척 중요하다.

땡스북스에 오신 거래처분들에게서 들었던 말 중에 인상 깊었던 말이 있다. "책들이 참 가지런하네요."라는 칭찬. 처음엔 조금 의아했다. 책장의 책들을 가지런히 정리하는 건 너무 당연한 일이라 이 점에 대해 깊게 생각해 본 적이 없기 때문이다. 하지만 돌이켜보니 머리보다 몸이 먼저 반응했다는 말이 맞을 것 같다. 매일 같이 책장을 쓸고 닦고 가꾸고선 하루에도 수십 번씩 정리하기 때문이다.

매일 낮 12시, 책방 문을 열 준비를 마치면 가장 마지막으로 책장을 정비한다. 밤사이 쌓인 책장의 먼지를 털어 내고 전날 손님들의 손길이 닿은 책을 가지런히 정리한다. 책장 안쪽으로 밀려 들어간 책은 앞쪽으로 빼 내고, 상한 띠지는 걷어 내고, 잘못 꽂힌 책은 원래 자리에 꽂아 주고, 빈 곳은 적절한 책으로 채운다. 매대도 마찬가지다. 주문할 책은 없는지, 적절한 수량이 진열되어 있는지, 땡스 페이퍼는 잘 꽂혀 있는지를 살피며 먼지를 탈탈 턴다. 영업 중엔 수시로 흐트러진 매대와 책장을 정리한다. 스트레칭 삼아 정리하고, 화장실 가는 길에 정리하고, 책 찾으러 가는 길에 정리한다. 책이 자유롭게 쌓여 있어 발굴하는 맛이 일품인 책방이 있듯, 우리는 정돈된 깔끔함을 땡스북스의 매력으로 삼기로 했다. 그렇게 정리한 책장이 책을 맡긴 이와 책방을 이용하는 이에게 이곳이 잘 관리되고 있다는 신뢰를 준다는 걸 이 칭찬을 통해 새삼 깨달았다.

들어온 책들을 가지런히 정리하여 판매하는 걸 중시하는 이유는 앞서 말했듯 남의 물건을 잠시 빌려 와서 판매하고 있기 때문인데, 반품이 가능하다고 해서 책을 잔뜩 받아 쌓아 놓고 팔지는 않는다. 기간 대비 판매 속도를 고려하여 부수를 세심하게 정하는데, 별도의 적재 공간이 없어서기도 하지만 책의 순환이 빨라야 책의 손상을 줄일 수 있기 때문이다. 당연한 말이지만 책 자체에 문제가 있는 파본 외에 서점에서 진열 중에 상한 책은 서점이 손해를 부담한다. 여기에는 손님이 떨어뜨리고 간 책, 쫙 펴서 읽은 책, 음료를 몇 방울 떨어뜨린 책 모두 포함이다. 이런 책들은 나와 소정 님이 애틋한 마음으로 거두기도 하는데, 설령 반품이 된다 하더라도 대부분 그 길로 파쇄되기 때문이다. (파쇄 영상을 유튜브에서 우연히 본 적 있는데 정말 마음이 좋지 않았다.) 땡스북스 운영 초기에는 전혀 몰랐던 부분이라 이런 책들을 반품하기도 했다. 무지에서 비롯된 실수란 것을 아셨는지 출판사에서도 별말씀 않으셨지만 지금 생각해도 민망하고 죄송한 마음이다. 지금은 땡스북스에 한번 들어온 책은 반드시 '판매'로만 책방 문을 나서게끔 최선을 다하고 있다.

책들이 판매로만 책방 문을 나서게끔 노력하고 있는 서점인으로서 드리고 싶은 말이 있다. 랩핑된 도서의 경우, 견본을 좀 더 유연하게 제공해 주면 좋겠다. 흔쾌히 제공해 주는 출판사가 대부분이지만 간혹 견본 증정이 어렵다는 출판사의 메일을 받으면 조금은 난감하다. 도서에 비닐을 한 번 더 씌우는 공정을 거치는 건 당연히 출판사 내부에서 콘텐츠의 내용이나 제작비, 표지의 재질, 구매 유도 전략 등을 치열하게 고민한 끝에 내린 결정일 테다. 하지만 소비자와 판매자 입장에선 당혹스러울 때가 많다. 한번은 손님에게서 "그럼 저는 이 책을 뭘 믿고 사야 하나요?"라는 말도 들었으니까. 맛보기를 조금 해야 오히려 구매 욕구가 생기는 법인데 내용을 알 수 없는 책에 만 원, 이만 원을 도전적으로 쓰기엔 쉽지 않아서 견본이 없는 책은 결국 판매되지 않은 채 재고로 남는 경우가 많다. 작은 동네책방에서 나오는 판매 부수만 놓고 보면 어쩌면 아까운 생각이 들 수도 있다. 하지만 기성출판물은 사실 어디에서나 살 수 있기에 땡스북스에서 발견하고선 마음에 남아 다른 곳에서라도 산다면 결국 팔리는 것이다. 그 파급 효과를 조금 더 넓고 유연하게 생각하시면 좋겠다.

쇼윈도 전시도 살펴보자. 땡스북스 쇼윈도 전시는 책방으로서는 자주 오시는 분들에게 새로움을 전하고, 출판사는 별도의 대관 비용 없이 홍대 앞 책방의 메인 공간을 한 달 동안 빌릴 수 있는 기회다. 그렇다 보니 최소 삼 개월, 보통은 반년 전이면 전시 일정이 금세 찬다. 이제 막 세상에 태어난 신간의 등을 힘껏 밀어주고자 눈을 반짝이는 마케터와 편집자, 작가를 마주할 때면 우리도 덩달아 설렌다. 그 순수함에 깊은 감동을 받은 두 서점인은 이내 해당 출판사 관계자에 빙의하여 가열차게 아이디어를 내고야 만다. 땡스북스를 오랫동안 아껴 준 분이 전시 담당일 경우 걱정이 없고, 새로이 합을 맞추게 될 땐 귀한 인연의 시작이다 싶어 그저 기쁜 마음이다.

하지만 욕심과 준비가 비례하지 않은 경우도 있었다. 이 경우 그 달의 전시는 전시라고 부르기도 머쓱한 공간이 되어 버린 채 매출도, 볼거리도 없이 한 달을 겨우 버틴다. 한번은 전시 시작 당일까지 전시 테이블을 꾸릴 요소를 전혀 준비하지 않은 곳이 있었다. 준비하는 도중에도 연락이 너무 닿지 않았고, 연락이 겨우 한 번 닿으면 또 며칠 연락이 없다가 한참 뒤에야 연락하는 그런 식이었다. 우리도 해당 출판사를 무척 좋아했던 터라 함께 재밌게 꾸리기로 약속한 것인데, 자리를 내어 드리고서는 정작 우리가 초조해하고 있었다. 아니나 다를까 전시 시작 당일, 딱 한 분이 오셔서 어쩔 줄 몰라 하셨다. 이미 벌어진 일에 화를 낼 수도, 전시를 무를 수도 없기에 당황스러운 마음을 빨리 추스르고 대책을 세웠다. 해당 책 작가의 팬들이 와서는 "전시가 이게 다인가요…?"라고 조심스럽게 묻는데, 질문에 대한 민망함과 죄송스러움은 우리 몫이었다.

전시 매출의 경우, 예상을 훨씬 뛰어넘을 때도 있고 그렇지 않을 때도 있어서 매번 긍정적으로 장담할 수는 없다. 그렇지만 기본적으로는 쇼윈도 전시로 인한 매출 효과가 눈에 띄어야 하는 건 분명한 사실이다. 책방의 가장 큰 홍보 공간에서 매출이 많이 나와야 한 달을 또 버틸 수 있고, 매출을 고려하지 않아도 괜찮을 유의미한 전시도 우리 뜻대로 유치할 수 있기 때문이다. 그렇기에 홍보를 위한 홍보나 그럴싸한 책방에 책을 노출하고 싶어 하는 몇 분들의 내용 없는, 우리에게서 번뜩이는 아이디어만을 기대하는 듯한 제안을 받을 때면 거절할 힘까지 쪼옥 빠진다.

쇼윈도 전시를 진행하는 기준은 명확하다. 첫째, 볼거리가 많은 책이거나 둘째, 땡스북스에 오시는 분들이 정말 좋아하는 작가의 신간이거나 셋째, 구간이지만 어떤 시기에 맞춰 다시 띄울 만한 의의가 있는 책이거나 넷째, 꼭 땡스북스여야 하는 이유가 있거나. 여기에 전시에 대한 출판사와 책방의 애정을 살살 뿌려 주면 그야말로 시너지가 폭발하여 독자분들의 반응까지 폭발하는, 모두가 행복한 전시로 두고두고 회자되는 것이다.

땡스북스는 다행히 지금까지 큰 호의와 호감으로 대해 주는 분들을 많이 만나 왔다. 판매 부수로 따지자면 온라인 서점과 비교가 어려움에도 불구하고 동네서점에서의 독자 반응을 각별히 살피고, 코로나19로 동네서점들이 전반적으로 어려웠을 땐 도서 공급률을 낮춰 실질적인 도움을 준 출판사도 있다. 그러니 우리도 마찬가지로 그 마음들에 보답하려고 노력한다. 책을 소개하고 판매하고 이벤트를 꾸릴 때 출판사의 규모나 명성, 책의 인지도는 크게 고려하지 않는다. 그래서인지 땡스북스를 고맙고 편하게 여기는 사람들이 많고, 그런 사람들이 주는 제안에는 언제나 반가운 마음이 앞선다.

이처럼 책방과 출판사는 각자의 다리를 하나씩 묶고선 어깨를 나란히 하고 달리는 이인삼각 경기의 출전 팀이다. 끈을 묶기 전엔 여기를 묶네 마네, 어느 정도 세기로 묶어야 하네 등 양보 없이 의견을 주장하지만, 한번 묶인 이상 서로의 발목이 아프지 않게끔 보폭을 맞춰 결승점에 무사히 도착하는 게 가장 중요한 목표다. 상대를 밀어 내고 이겨야 하는 게 아닌 합을 맞춰 나가는 관계.

때때로 묶인 발목이 아파올 때면 "땡스북스라면 믿고 맡기게 됩니다."라던 워크룸프레스 박활성 편집장님의 말을 떠올린다. 10년 가까이 우리를 믿고 책을 맡겨 주는 사람들이 있구나, 책을 만드는 사람들에게는 우리가 이런 존재구나, 하는 생각이 들면 기권하고 싶은 마음은 온데간데없다. 멀게만 느껴졌던 결승점이 다시 눈에 들어온다.

내 옆에서 뛰고 있는, 책과 놀라우리만치 닮아 있던 그 책을 만든 이들을 바라본다. 물론 가끔 예외도 있었지만 책의 톤이며 내용, 가치관, 만듦새, 풍기는 분위기 등이 정말로 똑 닮아 있던 사람들. 그럴 때면 '사람들은 자신이 만들어 낸 것, 좋아하는 것을 닮아 있구나'라는 생각에 나와 소정 님도 덩달아 마음의 결을 살살 빗어 낸다. 우리가 발견하고 소개하여 판매하는 책과 그 책들이 모인 책장에 우리가 많이 스며드니, 어제보다 더 나은 사람이 되자고 다짐하게 되는 것이다. 그렇기에 '땡스북스는 참 땡스북스랑 잘 어울리는 분들이 맡고 있네요'라는 말은 내게 최고의 칭찬 중 하나다.

앞으로도 우리는 잘 달리고 싶다. 좋은 파트너를 만나 서로의 다리에 끈을 잘 동여매고선 넘어지지 않고, 아니 넘어지더라도 다시 벌떡 일어나 힘차게 달리고 싶다. 마침내 결승선을 넘어 경기를 마치고 나면 우리의 합에 감탄하며 맥주 한잔 찐하게 마시고 헤어지는 그런 날들을 꿈꾼다.

소정

보이는 게 전부는 아녜요

오늘 오후엔 다음 달 쇼윈도 전시 건으로 출판사 분들과 미팅이 있다. 장소는 땡스북스. 단둘이 일하는 데다가 영업 시간 중엔 늘 손님을 맞이하고 응대해야 하기에 미팅은 운영 시간 중 책방 내에서 진행하고 있다. 미팅 중에도 문의 전화를 받거나 계산을 돕는 등 업무를 챙겨야 하니 창가 자리나 바 테이블에서 이야기를 나누는데, 이럴 땐 눈이 뒤통수에도 하나 달려 있으면 좋겠다. 하지만 눈은 둘뿐이니, 미어캣처럼 고개를 쏘옥 빼들어 좌우를 살필 수밖에. 카운터에 손님이 기다리고 있진 않은지, 안내가 필요하진 않은지 살피고 전화벨이 울리면 호다닥 달려갔다가 돌아오는 길에 흐트러진 책들을 빠르게 정리하기도 한다. 이렇게 우리는 상황을 기민하게 알아채는 감각을 날로 벼렸다. 그러니 이제는 한 사람이 자리를 비운 사이 나눈 이야기라도 간단히만 공유하면 착착 알아듣는, 눈빛만 봐도 알 수 있는 사이가 되었다.

우리의 업무는 완전히 오픈된 공간에서 이루어진다. 커튼 뒤에 숨은 공간이 있으려나 궁금해하실지도 모르겠지만, 이런저런 비품을 보관하는 정도의 작은 공간이라는 점을 밝혀 둔다. 누군가는 따로 사무 공간 없이 카운터에서 일하면 좀 불편하지 않냐고 묻기도 하는데, 난 오히려 탁 트여서 좋다고 답한다. 답답하고 조용한 사무실보다는 볕이 잘 들고 좋아하는 음악이 흐르는, 곳곳이 훤히 보이는 공간에서 일하는 쪽이 훨씬 좋으니까. 오픈되어 있긴 하지만 카운터는 입구와 가장 먼 안쪽에 위치하고 있어서 손님들도 부담 없이 드나들 수 있고, 우리도 적당히 노출된 느낌이라 덜 부담스럽다. 노트북 화면과 그 너머를 수시로 살피며 일해야 하는 업무 특성상 안에 들어갔다 나왔다 하지 않고 바로 응대와 처리가 가능한 구조가 효율적이기도 하고. 처음에는 모니터에 집중하다가 고개를 든 순간 손님과 눈이 마주치는 게 어색하기도 했지만 금방 익숙해져 자연스러운 시선 처리가 가능해졌다.

카운터에서 일하며 느끼는 즐거움에 대해 좀 더 이야기해 볼까? 책방의 풍경을 한눈에 담을 수 있다는 것 역시 이 자리가 주는 기쁨 중 하나다. 책을 고르는 이들의 모습은 언제 봐도 참 흐뭇해서, 질릴 새가 없다. 몰아치는 업무로 다소 지치다가도 고개를 들어 우리가 정성껏 고른 책들과 마음을 담아 기획한 코너를 꼼꼼히 살피는 손님들을 바라보면 마음을 다잡고 으쌰으쌰 기운을 내게 된다.

또 하나는 일명 '반갑다 친구야!'의 순간인데, 이름만으로도 감이 오지 않는가? 오픈된 공간에서 일하다 보면 근무 시간에 반가운 이들을 종종 만나게 된다. 내가 이곳에서 일한다는 걸 알고서 근처에 왔다가 얼굴을 비추고 가는 친구들도 있고, 정말 우연히 재회의 순간을 맞이하기도 한다. 오랜만에 본 얼굴이 반가워서, 합정에 왔다고 나를(땡스북스를) 떠올리고 찾아와 줘서 고마운 마음에 '땡북에서 일하니 이런 순간도 맛보는구나' 싶어 들뜬다. 그 마음을 차곡차곡 접어 간직한 채 업무로 돌아갈 때면 웃음이 새어 나온다. 그러나 빛이 있으면 그림자가 있는 법. 일하는 내내 외부에 노출되어 있다는 것이 무엇을 의미하는지, 일을 시작하고 얼마 지나지 않아 알게 되었다.

모두에게 너무도 열려 있는 탓일까? 사전 연락이나 약속 없이 불쑥 찾아와 책방 운영에 대해 캐묻는 분들이 많아 업무 초기에는 자주 당황했다. 정말 많이 듣는, "사장님이세요?" 하는 질문. 이어지는 "아, 사실 제가 책방을 열고 싶은데 조언을 구하려고…" 혹은 "제가 과제/연구로, 혹은 기사 작성으로 책방 운영에 대해 인터뷰를 하고 싶어서…" 이런 경우 사실 '간단히'가 없어서 이야기가 꼬리에 꼬리를 물고 이어진다. 정중히 양해를 구하고 조심스레 묻는 경우도 있지만, 기본적인 정보도 찾아보지 않고서 모든 걸 알아 가겠다! 하는 눈빛으로 나를 바라볼 때의 아찔함이란.

처음엔 바쁜 와중에 마주하는 이런 방문과 질문에 난처해하면서도 어떻게든 답을 하려 애쓰고 시간을 할애하며 힘들어했다. 괜히 나 때문에 땡스북스에 좋지 않은 인상을 갖게 되면 어떡하나 고민하기도 했고. 하지만 이렇게 흔들리는 나를 정승 님이 바로 세워 주었고, 부드럽지만 단호하게 응대하는 방법을 익히고선 스트레스를 훨씬 덜 받게 되었다. 엄연히 우린 업무 중이고, 바쁜 와중에 약속 없이 찾아와 무리한 요구를 할 때 꼭 끌려갈 필요는 없으니까.

그러니 책방에 용건이 있어 오시려거든 먼저 인터넷 검색을 하신 후 정말로 우리의 답이 필요한 부분에 대해서만 미리 약속을 잡고 방문해 주시면 좋겠다. 검색으로도 찾지 못했다면 우리도 답을 해 본 적 없는 질문이기에 즐거이, 정성껏 답을 드리고 있으니까. 서로 괜히 마음 상하지 않고, 시간과 체력을 아끼는 건 덤이다. 그리고 기왕 오셨으니 필요한 이야기만 듣고 바로 가기보단 책방도 찬찬히 둘러보고, 그러다 발견한 좋은 책이 있으면 한 권 사 들고 돌아간다면 더 좋지 않을까. 고요하고 평화로운 책방의 카운터 뒤에서 치열하게 일하는 우리의 상황과 마음도 조금은 알아주길 바라는 마음을 전해 본다.

11월

정승

바다를 건너서

일본인 독자: "저는 최은영 작가를 좋아합니다."
나: "私もです!"(저도요!)

도쿄에 있는 책거리Checkccori 책방에 안부 메일을 보냈다. 작년 이맘때, 도쿄 진보초에서 열린 제1회 'K-book festival'에서 책을 신나게 판매했던 기억이 문득 떠올랐기 때문이다. 그날의 열기가 겨울로 향하는 이 추운 길목에서도 여전히 뜨겁게 느껴지는데, 올해는 코로나19 때문에 온라인으로 이틀간 진행하기로 했다고 한다. 아쉽지만 또 다른 모습은 어떨지 궁금하기도 했다.

책거리 책방과의 인연은 『서점의 일생』 북토크에서부터 시작된다. 『서점의 일생』을 옮긴 김승복 대표는 진보초 거리의 유일한 한국 책방인 책거리와 쿠온출판사를 함께 운영하고 있다. 내가 태어난 해에 일본으로 건너간 김승복 대표는 한국 문학이 거의 소개되지 않았던 일본에서 한국 문학을 꾸준히 소개해 왔다. 한국과 일본을 오가며 문학 기행을 꾸리고, 작가와 독자가 만날 수 있는 자리를 마련하고, 여러 한국 문학 작품을 번역하는 등 일본이라는 낯선 땅에 한국 문학의 씨앗을 뿌리고 가꾼 장본인이다. 우리나라에서도 큰 사랑을 받고 있는 김영하, 김연수, 최은영, 한강 등 여러 작가들의 책도 대표의 손을 거쳐 일본에 소개되었으니 양국을 잇는 문학 외교관 역할을 하고 있다고 해도 과언이 아닐 것이다.

그가 뿌린 씨앗 중 하나는 기어이 또 한 그루의 큰 나무가 되었다. 그 나무의 이름은 제1회 'K-book festival in JAPAN'. 말 그대로 '한국 책 축제'인 이 행사는 한국 책을 번역해 출간하는 일본의 출판사 열아홉 곳과 한국의 독립서점 세 곳이 모여 한국 책을 팔고 관련 이벤트를 여는 일일 행사였다. 이 축제에 우리는 문학 서점 '고요서사', 시집 서점 '위트 앤 시니컬'과 함께 초대

받아 바다를 건너게 되었다.

바다를 건너기 전, 우리는 한 계절 앞서 몇 가지 기준을 정해 행사에서 판매할 책을 골랐다. 첫째, 문학은 고요서사가, 시는 위트 앤 시니컬이 멋지게 담당할 테니 우리는 이를 제외한 다양한 책을 팔자. 둘째, 최근에 출간된 책 중에서도 요즘 한국 출판계의 흐름과 한국 책 특유의 멋진 만듦새를 잘 보여 줄 수 있는 책을 고르자. 셋째, 한글을 모르더라도 기꺼이 펼쳐 들 수 있는 친숙한 느낌의 책을 소개하자. 그렇게 고른 책들은 『노 땡큐』(귤프레스), 『한국 괴물 사전』(워크룸프레스), 『일간 이슬아』(헤엄출판사), 『박막례, 이대로 죽을 순 없다』(위즈덤하우스)를 비롯한 이십여 종이었다. 한국과 서울을 소개할 수 있는 잡화 몇 가지도 함께 챙겼다.

도서와 잡화를 국제 택배로 발송한 다음, 각 출판사에 행사 소식을 전하고서 해당 책과 관련된 사은품(굿즈)을 제공받았다. 굿즈 문화는 분명 고육지책으로 탄생한 것이지만, 또 한편으론 너무 과하지만 않다면 한국 책 시장만의 귀엽고 독특한 문화가 아닐까 싶다. 책과의 거리를 좁히기 위한 노력이 어떤 물성으로 구체화된 형태이니, 누가 뭐래도 책을 정말 좋아하는 사람들만이 할 수 있는 일인 것이다. 우리도 각 출판사나 온라인 서점에서 만든 다채로운 굿즈에 감탄하느라 바빴기에, 잡지 외 단행본엔 굿즈 문화가 없는 일본의 독자들도 신기해하고 반기리라 생각했다.

출국 전날 밤까지는 도서 소개글을 작성했다. 각 부스마다 자원봉사자들이 통역해 주기로 했고, 나도 일본어를 조금 할 줄 알았지만 아무래도 쑥스럽고 정신없어 진득한 설명이 어렵겠다 싶었기 때문이다. 게다가 땡스북스에서 맞이했던 일본인 손님들이 늘 조용하고 빠르게 구매를 마치고선 훌쩍 떠났던 걸 생각하면, 행사 현장에서도 질문이 많지 않을 거란 생각이 들었다. 그렇게 우리는 일본어 전공자인 대표님 아내분의 도움을 받아 모든 도서마다 한국어와 일본어 소개글을 붙였다. 땡스북스의 문을 방금이라도 나선 듯한 기분을 드리고 싶어 봉투와 숍카드도 챙겨 캐리어에 넣었다.

도쿄에 도착한 첫날 밤, 일본인 친구와 유명하지는 않지만 동네 터줏대감격인 동네서점들을 돌아다녔다. 『82년생 김지영』(민음사)이 일본에서 소위 '대박이 났다'는 건 알고 있었지만, 내 눈으로 직접 보니 벅찬 나머지 헛웃음이 나올 지경이었다. 몇 년 전 일본에 왔을 때와 책장의 배치가 완전히 달라져 있었기 때문이다. 서점을 꼼꼼하게 뜯어봐야 저 구석에 조금 모여 있구나 싶던 한국 책들이 당당하게 가장 목 좋은 곳으로 나와 있었다. 그것도 잔뜩 무리 지어서. 일본어로 번역된 『바깥은 여름』(문학동네), 『딸에 대하여』(민음사), 『7년의 밤』(은행나무)의 제목을 떠듬떠듬 읽으며 '진작 이러고도 남았을 일이 참 오래도 걸렸구나' 하는 생각과 누가 알아주건 말건 오랜 시간 꾸준히 일본에 한국 책을 선보이고자 애썼을 많은 이들의 노력이 동시에 떠올랐다. 작가, 번역가, 양국의 출판인과 서점인, 그리고 독자들. 서점 내 위상이 바뀐 한국 책을 보며 어쩌면 이번 행사에 생각보다 더 많은 사람들이 올 수도 있겠다는 예감이 들었다.

행사 당일, 서른 명의 자원봉사자분이 내민 도움의 손길 속에 K-book festival은 힘차게 문을 열었다. 출판사와 서점이 사이좋게 섞인 부스 사이에는 바느질 공방 '희원'과 한국 음료와 떡을 파는 카페도 자리했다. 행사장의 문을 열자마자 물밀 듯 들어오는 분들을 바라보며 첫 프로그램인 한일서점주 대담에 참여했다. 그다음에는 사이토 마리코 번역가와 이기호 작가의 대담이, 한국문학으로 한국어 배우는 법을 알려주는 이나가와 유우키

THANKSBOOKS' PICK
다름 아닌 사랑과 자유
휴게소

선생의 강연과 이민경 작가의 북토크가 줄지어 열렸다. 매 프로그램이 시작할 때마다 행사장 바깥으로는 줄이 길게 늘어졌고, 장내의 밀도는 잠시도 낮아질 줄 몰랐다.

부스에서 손님들을 응대하다 보니 한국어를 잘하고 못하고는 전혀 중요한 문제가 아니었다. 한국과 한국 문학에 관심이 있다면 그것만으로 충분했다. K-팝, K-드라마의 인기로 10~20대가 많으리라 생각했는데 그 세대를 축으로 삼아 나이대가 고루 퍼져 있는 느낌이었다. 한국어를 전혀 모르지만 한국을 좋아해 뭐라도 구경하려는 분들 또한 많았다. 땡스북스 부스에는 일본에서 유학 중인 한국분들부터 지난 책거리 행사에서 만났던 분들, 서울에 왔을 때 땡스북스에 왔었다며 반가워하는 분들까지 다채롭게 모여들었다. 도쿄에서 한국어로 대화를 나눌 수 있는 교민은 당연히 너무나 반가웠지만, 무엇보다도 즉각적으로 눈과 귀를 자극하는 게 아닌 몹시 힘을 들여 읽어야 하는 낯선 책과 활자에 관심을 두는 외국인이 이렇게 많다는 사실에 나는 크게 놀랐다.

땡스북스 부스 양옆으로는 일본 출판사가 입점했는데 한쪽은 그림책을, 한쪽은 『생명의 시인, 윤동주』라는 책을 주력으로 들고 나왔다. 그들은 헤어질 때 자신들의 책을 선물로 주었는데 그 순간 내 마음의 한 부분이 살짝 녹는 게 느껴졌다. 정말로 기분이 이상했다. 일본인에게서 윤동주 시인의 책을 선물 받다니. 역사를 제대로 공부해서 일본의 과거 행적에 대해 세대를 초월해 반성하고 고민하는 이들이 있다는 풍문 같던 이야기를 내 눈으로 확인한 것이다. 이날 내가 받은 건 비단 책 한 권만이 아니었다.

이날 방문객은 단순 집계만으로도 천이백 명이 훌쩍 넘었다고 했다. 게다가 당일 저녁에 곧바로 NHK 뉴스에서 행사가 소개되기도 했다. 영상엔 뜻밖에도 내가 나왔다. 부러 소리를 없애지 않은 영상 속의 나는 한국어로 한국 책에 대해 열심히 설명하고 있었다. 짧은 뒤풀이를 마치고 돌아온 숙소에서는 낮에 행사장에서 구매한 책 자랑, 또 만나자는 아쉬움, 이날의 풍경 등을 SNS로 만날 수 있었다. 몇 번을 생각해도 텅 빈 행사장에 사람들과 책이 모였다가 순탄하게 흩어진 오늘이 참 감사했다.

생각해 보면 일본과는 문화적, 정서적인 면에서 많은 것이 비슷해서 이제야 한국 문학이 유행이라는 게 새삼 이상하게 느껴진다. 책만큼은 일본에서 한국으로의 흐름이 압도적이었는데 이제야 비로소 상호작용하는 기분이랄까. 작은 소망이 있다면, 한국 책값이 일본에서 조금 더 싸지면 좋겠다. 한국에서는 일서를 일본 현지와 거의 같은 값으로 살 수 있는데 그건 그만큼 들어오는 책이 많다는 의미다. 그러니 우리 책이 일본에서 저렴해진다면 그만큼 한국 책이 많이 진출했다는 뜻일 터. 그리고 일본에서 어떤 한국 책이 많이 읽힌다는 소식을 매년 꾸준히 듣고 싶다. 서로 좋아하는 게 한 가지만 같아도 어색했던 마음이 활짝 열린 경험은 누구나 있을 테다. 멀고도 가까운 한국과 일본이 지난 세월에 대해 이야기하기 위해선 서로의 말을 좀 더 귀 기울여 들을 수 있는 열린 마음이 필요하다. 나는 서로의 마음을 열어 주는 열쇠가 양국의 작가나 책이길 바란다.

내년엔 부디 얼굴을 맞대고서 한국의 멋진 책들을 한 권 한 권 소개할 수 있기를. 우리는 이다음에 어디에서 만나 어떤 책에 대해 이야기 나누게 될까?

나: "최은영 작가 신간이 나왔어요."

일본인 독자: "本当ですか？ずっと待ってました！"
(정말요? 저도 오래 기다렸어요!)

소정

오늘 북토크는 어디서 하나요?

이번 주 목요일 저녁에는 북토크가 있다. 북토크 날이면 '오늘 북토크는 어디서 하나요?' 하고 묻는 분들이 계신다. 언뜻 보기에는 행사를 할 만한 공간이 없어 보이니 그럴 만도 하다. 그렇지만 책방 내부를 가로지르는 바 테이블은 놀랍게도 분리 및 이동이 가능해서, 행사가 있는 날이면 영업을 조금 일찍 마감하고 준비를 한다. 바 테이블을 분리하면 매대와 매대 사이에 제법 널찍한 공간이 생기는데, 이 자리에 의자를 깔아 객석을 만든다. 게스트 자리를 마련하고, 물과 마이크를 준비하고, 때에 따라 빔프로젝터를 설치한 후 잘 작동되는지 마지막으로 한 번 더 확인하면 북토크 준비 완료!

정승 님 말로는, 잔다리로 시절에는 2층 갤러리 공간에서 대관 행사를 이따금 진행하곤 했지만 1층 책방 업무를 보느라 북토크는 그림의 떡이었다고 한다. 양화로로 이전한 후에는 여유 공간이 없어 보여 행사는 이제 못하려나 싶었다고. 그러다 『서점의 일생』이라는 책 출간을 준비 중이던 출판사 대표님에게서 땡스북스에서 북토크를 열어 보면 어떨지 제안을 받았다. 이전한 공간에서의 첫 행사인 만큼 고민도 많았다. 그렇지만 스타트를 잘 끊으면 앞으로 지속해서 행사를 열 수 있겠구나 싶어 마음을 먹고는 행사 요일이나 시작 시간, 소요 시간 등 확인해야 할 부분들을 꼼꼼히 챙겨 나갔다. 그렇게 2019년 2월, '책 파는 일의 기쁨과 슬픔에 관하여 – 한국과 일본 동네책방의 희로애락'이라는 타이틀로 『서점의 일생』 출간 기념 북토크가 열렸다.

양화로에서의 첫 북토크는 성황리에 마무리되었고, 이후 꾸준히 행사를 유치하기 시작했다. 영업을 일찍 마무리하고 행사를 진행하는 만큼 단순히 대관이 아니라 땡스북스에서 열었을 때 더욱 의미가 있는, 우리도 만나고 싶고 이야기가 궁금했던 분들의 행사를 열자는 기준을 세웠다. 홍보도 책방과 출판사, 작가가 함께 진행하며 행사 스케치 사진과 후기 또한 꾸준히 남기고 있다. 미처 오지 못한 분들이 궁금해하실 그날의 분위기를 전하는 동시에 땡스북스에서는 이런 행사가 꾸준히 열리고 있음을 알리기 위해서다. 그래서인지 거래처에서도 오가며 행사와 관련해 묻는 분들이 많아졌고, 한 달에 두세 번에서 많게는 여섯 번까지 행사를 열기도 했다.

책과 책 사이로 하나둘 모여드는 사람들을 보고 있으면 새삼 이 노란 빛으로 둘러싸인 공간이 주는 힘을 느낀다. 옹기종기 모여 앉아 이야기를 듣고 나누는 풍경에서는 여느 때와는 또 다른 에너지가 뿜어져 나온다. 평소에는 각자 책을 읽으며 느슨하게 연결되어 있던 사람들이 한 권의 책, 한 명의 작가를 중심으로 모여 밀도 높은 에너지를 만드는 풍경을 보고 있으면 책방이 이렇게나 역동적인 공간일 수 있구나 싶어 놀라기도 한다.

행사를 준비하는 동안에는 직원으로서 마음이 분주하지만, 행사가 시작되고 나면 잠시 한 명의 청중으로 돌아간다. 일하기 전에는 여러 행사를 찾아다니는 걸 좋아했다. 하지만 밤까지 문을 여는 책방에 다닌 후론 아침의 여유를 얻은 대신 저녁에 열리는 북토크에는 참여할 수 없어 아쉬웠는데, 이게 웬걸? 일터에서 이렇게 북토크를 진행하게 되다니. 게다가 카운터에서 보는 북토크 현장은 객석에 있을 때와는 달리, 작가와 독자가 서로를 바라보는 옆모습을 한눈에 담을 수 있었다. 행사의 끝자락, 질의응답 시간에는 궁금증을 풀고 마음을 전하는 이야기가 오가고, 행사가 끝난 뒤에도 열기는 식지 않아 사인을 받으려는 이들의 줄이 길게 늘어선다. 조용히 이야기를 듣다가도 일사불란하게 움직여 자신의 차례를 기다리는 모습에서는 채 가시지 않은 흥분이 느껴진다. 책을 좋아하는 이들 특유의 조용한 흥분이랄까? 사인을 받고서 상기된 얼굴로 기쁘게 책방을 나서는 모습을 보면 행사를 꾸린 입장에서 더없이 충만한 기분이 든다.

행사가 끝나고 나면 SNS를 통해 다양한 후기를 찾아본다. 좋아하는 창작자를 가까이서 만나고 책 너머의 이야기를 들으며 책과 작가가 더욱 좋아졌다는 코멘트는 물론, 좋은 자리를 만들어 주어 고맙다는 인사와, 땡스북스라는 공간에 대해 남겨 준 코멘트까지. 찬찬히 찾아 읽으며 좋은 기운을 얻고, 때론 보완할 점을 발견하기도 한다. 작가들의 피드백을 듣는 일 역시 즐거운 일이다. 땡스북스에서 첫 책으로 첫 북토크를 진행한 작가들의 기쁨을 함께 나누기도 하고, 전부터 땡스북스를 좋아했는데 이곳에서 행사를 진행하게 되어 꿈같다며 고마움을 전하는 따스한 인사에 더욱 힘을 얻기도 한다.

코로나19로 인해 잠시 쉬어 가기로 한 행사들이 무기한 연기되고 있다. 그 '잠시'가 이렇게 길어질 줄이야. 평화로운 책방의 풍경도 좋지만 역시 가끔은 북토크로 활기가 도는 시간이 필요하지 않나, 자주 생각하는 요즘. 책장 너머로 사람과 사람이 만나고 연결되던 순간들이 그립다. 그 놀랍도록 멋진 장면을 다시 만날 날을 손꼽아 기다린다.

김승복 쿠온출판사 대표와 함께한 『서점의 일생』 북토크

12월

소정

산타와 루돌프의 마음으로

연말의 합정은 특히나 활기차고 시끌벅적하다. 이때만큼은 책방도 차분함을 조금 내려놓고서 신나고 들뜬 마음을 한껏 끌어올리는 시기다. 추운 거리를 뚫고 따뜻한 서점으로 들어와 몸을 녹이고, 한 해 동안 고마웠던 마음을 전할 선물을 사러 오는 분들의 발걸음이 이어지니 바쁜 와중에도 무척 설레고 즐겁다. 썰매를 끄는 루돌프가 되는 기분이랄까? 바쁜 산타를 따라 썰매를 끌고 또 끌어도 선물을 주고받는 사람들의 마음을 생각하면 절로 발을 다시 구르게 되는 것이다. 동시에 산타의 마음으로 어떻게 하면 한 해 동안 땡스북스를 찾아 주고 아껴 준 손님들께 어떤 선물 같은 시간과 경험을 선사할지 고민한다. 올해도 찾아 주어 감사했다고, 정말 많이 애쓰셨다고 격려하며 다가오는 다음 해를 시작할 힘을 건네고 싶은 마음을 담아서.

땡북의 연말 준비는 두 계절 앞선 늦여름부터 조금씩 시작된다. 슬슬 저녁 공기가 쌀쌀해지는 9월이면 12월의 쇼윈도 전시는 어떻게 꾸릴지 기획의 큰 틀을 잡아야 할 때. 전시처가 확정되면 정승 님과 나는 어떻게 하면 더 연말 느낌이 나게 꾸릴 수 있을지 신나서 아이디어를 모으고, '벌써 연말이 온 것 같아요'를 연신 내뱉으며 들뜨곤 한다. 11월 중순이면 플레이리스트에 잔잔한 캐럴을 추가하기 시작한다. 조금 이른가 싶다가도 이내 같이 흥얼거리는 손님들을 보니 자연스럽게 연말 분위기로 초대하는 데 성공한 것 같다. 올해도 어떻게 지나갔는지 모르겠네, 그만큼 바삐 살아왔다는 거겠지, 우리 모두 한 해 또 잘 버텼네 하는 마음에 코끝이 찡해지기도 한다. 연말이라는 사실 하나로 사람이 이렇게 감성적으로 변한다.

여기서 감상에 젖는 데 그치지 않고 행동해야 참된 땡북인이 아니겠는가. 책방에 오는 분들께 실질적으로 어떤 도움을 줄 수 있을지 고민하고 준비하는 것이 우리가 할 일. 책방에 들어서면서부터 연말 분위기를 느낄 수 있도록 12월 전시와 음악을 신경 쓰고, 매장 곳곳에는 책과 함께 선물하기 좋은 향초와 음반, 양말 들을 가득 채워 둔다. 시대가 변해도 정성스러운 마음을 담는 덴 손편지만 한 게 없으니 크리스마스 카드와 엽서도 넉넉히 주문한다. 11월 말부터는 다양한 작가들의 달력을 모아 판매하고 있어서 미리 라인업을 짜 두고 입고 준비를 마쳐야 한다. 이렇듯 연말은 꼭 챙겨야 할 것들을 때맞춰 준비하는 동시에 마음을 다해야 하니 여러모로 분주하게 흘러간다.

책 선물을 위해 방문하는 분들이 많은 만큼 책 추천 요청이 느는 시기. 마음을 잘 전달할 수 있는 책을 꼭 맞게 권하고 싶어 마음속 도서 리스트도 수시로 정비해 둔다. 마침내 골라온 책의 포장을 요청하고서 기다리는 분들의 얼굴에서는 기분 좋은 설렘이 묻어난다. 포장을 마친 책을 소중히 들고 돌아가는 이들의 뒷모습을 보며 부디 좋은 선물이 되길 바라는 나의 진심도 한 스푼 더해 본다.

연말연시에는 인사마저 조금 더 다정해진다. 평소엔 간단히 '어서 오세요, 고맙습니다, 안녕히 가세요'가 보통이지만 이때만큼은 서로 약간은 수줍게, 때론 담백하게 '연말 잘 보내세요'라거나 '메리 크리스마스', '(미리) 새해 복 많이 받으세요' 등 다양한 인사가 오간다. 이게 이 시기의 묘미가 아닐까? 연말이니까, 새해니까, 라는 작은 이유로 한 번 더 안부를 묻고 안녕을 바란다.

연말이면 '고맙습니다'라는 말에 미처 다 담지 못한 마음을 책방 여기저기에 담으려 노력한다. 이 시기가 우리에게 더 애틋하고 소중한 이유이기도 하다. 2020년 연말은 코로나19로 인해 예년과 다른 풍경이었지만 그럼에도, 아니 그래서 더 힘껏 연말을 준비했다. 그래서인지 '땡북은 연말 분위기네요!' 하며 반가워하는 손님들이 정말 많았다. 그럴 때면 적어도 이곳에서만큼은 기쁜 시간을 보내길 바라는 우리의 마음이 잘 전해진 것 같아 흐뭇해질 수밖에. 그렇게 들뜬 마음을 안고 나가는 뒷모습에 외친다. 올 한 해도 감사했습니다, 모두 고생 많으셨어요, 하는 마음을 담아서.

"안녕히 가세요!"

S M T W T F S
2021
FEBRUARY

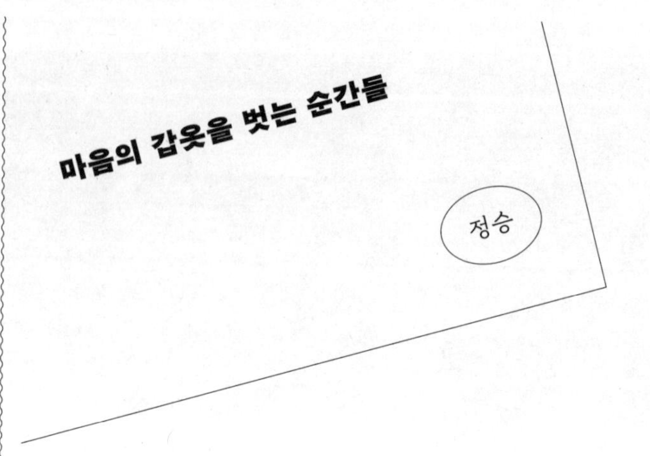

외부와 인터뷰할 때 가장 많이 듣는 단골 질문 중 하나는 "일하면서 가장 좋아하는 순간이 언제인가요?"다. 어떤 질문은 반복해서 듣다 보면 정해 둔 답이 생기기 마련인데, 이 질문만큼은 몇 번을 들어도 늘 기분 좋은 망설임에 빠지곤 한다. "음… 제가 좋아하는 순간은요…"

첫 번째 순간은 책을 선물로 골라 구입한 뒤 맨 앞장에 편지를 쓰는 손님들을 바라볼 때다. 한번은 책방 내 바 테이블의 끝과 끝에서 서로 무관한 두 사람이 나란히 서서 각자 소중한 이에게 편지를 쓰는데, 단박에 이런 생각이 차올랐다. 아, 이 광경 너무 아날로그적이라 행복하다!

알다시피 책 선물은 가격 대비 무척 수고로운 과정을 거쳐야 한다. 그런 과정을 기꺼이 거치고서 마지막 단계인 편지를 쓰는 사람들을 보면 내 선물이 아닌데도 뭉클해진다. 21세기에 소중한 사람을 응원하고 축하하는 방법은 넘치도록 다양하다. 전화를 하거나 맛있는 밥을 사 주거나 기프티콘을 보내거나. 더 비싸고 실용적인 선물을 할 수도 있다. 하지만 이들은 시간을 들여 책방에 와 우리의 추천을 받거나, 본인이 정말로 아껴 읽은 책을 한 권 더 사서 상대방에게 전할 마음을 한 자 한 자 꾹꾹 눌러 담는다. 간편하고 빠르게 행복해질 수 있는 지름길을 두고서 사뿐사뿐 돌아가는 그 마음. 그 선물을 받을 사람이 지금 이 모습을, 표정을 볼 수 있다면 좋을 텐데 하고 생각하곤 한다.

두 번째 순간은 땡스북스를 오랫동안 아껴 주던 단골손님의 정체가 밝혀질 때다. 10주년을 맞아 단골손님들과 함께하는〈취향의 연결〉코너 덕에 이 곳에 오는 분들이 어떤 삶을 꾸려 가고 있는지 이제야 조금 알게 되었지만, 그 전까지는 도통 알 수가 없었다. 접객 거리가 결코 가까운 책방이 아니었기 때문인데, 그렇다 보니 재밌는 에피소드도 여럿이다.

한번은 출판사 책읽는수요일과 전시 미팅을 잡고서 기다리고 있는데 매일 오던 한 단골손님이 내 앞으로 성큼성큼 걸어왔다. 나는 속으로 '왜 책장이 아니라 이쪽으로 오시는 거지…?' 하며 의문의 눈썹을 점점 치켜올리고 있는데 "제가 오늘 미팅 담당자입니다."라며 웃으시는 게 아닌가. 또 다른 날엔 디자인이음과의 미팅에서 "(쇼윈도 전시를 진행할)이고 작가님이 땡스북스 분들이 알아볼 수도 있다고 하던데요?"라는 대표님 말에 그런가 보다 했는데, 정말이지 너무도 지나치게 잘 아는 분이 책방으로 걸어 들어오는 통에 미팅 내내 "와…", "어머…", "세상에…"를 반복한 적도 있다. 커피를 팔던 땡스북스 시절 노트북을 펴 놓고 작업하던 이슬아 작가가 책을 내 입고 문의를 해 온 일, 오래전 단골손님이 몇 년 만에 합정으로 돌아와 이웃한 곳에 잡지 전문 서점인 종이잡지클럽을 차린 일, 좋다고 소문난 카페에 갔더니 거기서 일하고 있던 단골손님을 만난 일 등등. 그럴 때면 나는 오랫동안 공기처럼 내 곁에 있던 느슨한 우연들이 구체적인 얼굴을 하고서 인연으로 다가온 느낌이 든다. 순식간에 각별한 마음이 드는 것은 물론이요, 몇 년 간 몰라서 나누지 못했던 고마움을 회포 풀 듯 전하는 건 당연지사다.

마지막으로는 땡스북스라는 이름을 각자의 방식으로 줄여 부르는 목소리를 들을 때다. 거래처분들이 "땡스에서 신경 써 주셔서 감사하죠."라는 말을 하실 때나 책을 고르던 손님이 "어, 나 지금 땡북이야"라며 전화를 잠시 받을 때면 속으로 몰래 귀엽다고 생각한다. 줄임말은 부르기 길어서 줄이기도 하는 거지만 그만큼 자주 부른다는 것이고 그러니 애정이 담길 수밖에 없다고 생각한다. 그 줄임말이 누군가에게 같은 의미로 통한다는 사실도 무척 신기하다.

좋아하는 서점이 내 생활 반경 안에 있다는 건 무슨 느낌일까? 동네서점이라는 곳에 각별한 관심을 갖기 전에 일을 시작한 나는 지금껏 경험해 보지 못한 기쁨이다. 회사와 집 사이에 내가 나다울 수 있는 공간이 있다는 건 든든하고 마음 편한 일일 테다. '점심 산책 때 땡북에서 산 책!'이라는 SNS 게시글을 접할 때나 그 글 밑에 '오, 땡세권', '나도 어제 갔는데!' 등의 댓글이 달릴 때면 하루가 기쁨으로 온전히 가득 찬다.

누군가에게 땡스북스는 오직 기쁨으로 충만한 곳이지만 내겐 돈을 버는 직장이기도 해서 매일 좋은 일만 일어나거나 내 마음 같은 사람만 만날 순 없다. 그렇다 보니 가끔은 나를 지키기 위해 마음의 갑옷을 여러 겹 껴입어야 하는 날들도 있는데, 그렇게 껴입은 옷들에 내가 눌릴라 치면 그 갑옷을 한 겹씩 벗겨 주는 이들을 만난다. 따뜻함으로 나를 완전히 무장 해제 시키는 사람들. 그 순간은 거창할 때도 있지만 대개는 '애걔, 뭐 이걸로?' 싶을 정도로 아주 작은 순간이다. 그렇기에 잘 기억하고 싶어 업무일지에 따로 적어 두곤 한다. 그렇게 모인 소중한 순간들은 내가 일이 벅차다고 느낄 때 마음 한 구석에서 뿅! 하고 튀어 나와 어깨의 잠금쇠를 톡톡 끌러 준다. 그러면 나는 이내 어깨의 힘을 빼고 긴장된 마음을 푼다. 책방의 10년, 개인적으로는 6년의 시간을 이어올 수 있었던 건 다 이런 순간들 덕분이다.

내가 사랑하는 장면들

소정

연말이라 그런가? 이번 주엔 특히 귀여운 장면들을 많이 만났다. 책방 문을 열 때부터 친한 친구들이라는 느낌을 폴폴 풍기는 한 무리의 손님들이 들어왔다. 한 해를 돌아보며 즐거운 한때를 보낸 듯 상기된 얼굴들. 처음엔 삼삼오오 모여 책을 둘러보다가 어느 순간 각기 흩어져 책을 살핀다. “다 골랐어?” 하는 목소리가 들리고, 다 같이 카운터로 다가온다. 각자 계산을 마치니 “자, 이거 네 거야” 하며 책을 건네는 한 사람. 그리고 “어? 나도 네 걸 골랐는데!” 하는 마주 선 이의 답. 의좋은 형제처럼 주거니 받거니 책을 선물하는 다정한 모습이라니. 바라보는 사람 역시 둥실 떠오르게 한다. 연말이면 이런 귀여운 장면을 직접 마주하는 일이 더욱 많아지니 흐뭇한 표정을 자주 지을 수밖에. 바빠서 살짝 지치려다가도 이런 모습을 보고 나면 에너지가 가득 충전된다. 이렇게 내게는 힘을 주는 장면들이 여럿 있다. 좋아하는 책에 대해 이야기하고, 서로를 위해 신중히 책을 고르고, 우연히 발견한 책에 푹 빠져 있는 사람들의 모습. 이런 장면을 만나면 자세를 가다듬고 심기일전하게 된다.

그러고 보니 어느 크리스마스에 정말 산타가 찾아온 적이 있다. 무슨 뚱딴지같은 소리냐 싶겠지만 정말이다. 땡스북스는 크리스마스이브와 당일 모두 정상 영업이라 그날도 어김없이 캐럴이 흐르는 책방에서 일을 하고 있었다. 그런데 아이와 함께 들어온 손님이 카운터로 오시더니 '메리 크리스마스' 하며 간식 꾸러미를 건네는 게 아닌가. 깜짝 놀라 어쩐 일인지 여쭈었더니 크리스마스에도 일하는 분들에게 드리는 선물이라며, 내가 어안이 벙벙해 아무 말도 하지 못하는 사이 선물을 두고 홀연히 사라졌다. 어디서 오셨는지, 어떤 마음으로 이렇게 선물을 나누시는지 여쭤볼걸 하며 아쉬워했지만 정신을 차리고 나니 그는 이미 골목에서 사라진 뒤였다. 이후 점심을 먹으러 간 근처 식당 카운터에도 같은 꾸러미가 놓여 있어서 진짜구나, 하고 놀랐다. 그다음 해에도 정신없는 사이 다녀간 산타는 '기필코 다음번에는 꼭 제대로 감사 인사를 드려야지' 하고 마음먹은 2020년에는 아쉽게도 나타나지 않았다. 혹시 이 글을 보신다면 크리스마스가 아니어도 다시 한번 저를 찾아주시길. 그 꾸러미에 가득 담긴 간식만큼 달고 다정한 마음 덕에 그날 얼마나 기뻤는지 모른다고, 정말로 힘이 났다고 꼭 전하고 싶다.

책방에서 일하고 있으면 이렇게 선물같이 느껴지는 순간들을 자주 만난다. 특히 내가 가장 좋아하는 장면은 '고요한 독서의 현장'이다. 책방에 손님이 아무도 없어서 조용한 게 아니라(반갑지 않은 적막이다), 그 어느 때보다도 북적이는 와중에 일순 고요해지는 순간 말이다. 이런 장면은 평일 낮 해가 쏟아지는 시간이나, 때론 책방 안팎이 소란스러운 연말에 불쑥 찾아오기도 한다. 신기하다. 조금 전까지도 오늘 무슨 일이 있었는지, 이제 갈 맛집은 어딘지, 내가 왜 이 책을 좋아하고 땡북을 좋아하는지에 대해 각기 이야기를 늘어 놓다가도 일순 모두 책을 바라보며 고요해진다. 동시에, 그 모든 사람이! 지금 이 순간만큼은 다른 모든 자극을 뒤로하고 눈앞의 책이 건네는 이야기에 귀 기울인다. 이럴 때면 이 공간이, 또 우리가 이들을 정말 책의 세계로 잘 초대했구나 싶어 뿌듯해진다. 한편으론 '아, 나 여기서 일하길 참 잘했다' 싶어지기도 한다. 그렇지 않았더라면 책방과 책, 독자가 함께 만들어 내는 이 아름다운 풍경을 못 만났을 테니까. 내가 사랑하는 이 멋진 장면을 더 자주 만나기 위해 내일도 모레도 힘내서 책을 고르고 카운터에서 밝은 미소로 손님을 맞이해야지. 이야, 일할 맛 난다!

THANK
S
BOOKS

THANK
S
BOOKS

나의 행운, 나의 자랑

정지혜
(전 땡스북스 매니저, 현 사적인서점 대표)

일주일에 한 번 다니는 댄스학원이 땡스북스 근처로 이전했다. 수업이 끝나면 정해진 코스처럼 땡스북스에 들러 정승과 소정의 안부를 묻고 새로 나온 책을 구경하는 나를 보면서 친구가 물었다.

"지혜 씨는 전 직장 사람들이랑 되게 친하게 지내는 것 같아요. 신기하다."

"그래요? 다들 이렇게 지내는 거 아닌가."

"약속 잡고 어쩌다 한 번 만날 수는 있어도 이렇게까지 자주 보진 않으니까요. 그리고 지혜 씨는 서점에서 일하잖아요. 쉬는 날까지 굳이 다른 서점 와서 인사하고 책 보고

가는 게 신기하더라고요."

듣고 보니 그랬다. 땡스북스에서 독립해 사적인서점을 연 지금도 여전히 나의 일상에는 자연스럽게 땡스북스가 존재하고 있다. 책방을 꾸려 나가며 크고 작은 고민이 생길 때면 정승에게 연락을 하고, 인생의 방향을 바꿀지도 모르는 중요한 결정을 앞두고 있을 때면 이기섭 대표님을 찾아가 조언을 구한다. 교보문고와의 협업으로 모두를 놀라게 했던 사적인서점 시즌2는 김욱 실장님의 소개로 시작된 제안이었고, 사적인서점의 디자인은 땡스북스 스튜디오 디자이너로 일했던 영은이, 매체용으로 사용하는 공식 사진은 보명이 책임지고 있다. 직장 상사로 만난 매님(혜영 매니저님을 줄여 부르는 애칭이다)과는 서로의 걱정을 나누고 응원을 아끼지 않는 가족 다음으로 가까운 친구다. 전 직장이라고 딱 잘라 말하기엔 내 인생에 땡스북스가 끼친 영향이 너무 크고 깊다.

2012년 11월 땡스북스의 첫 공채 직원으로 입사해 2015년 12월 내 책방을 열기 위해 퇴사를 결정하기까지 만 3년. 직원의 성장을 최우선으로 생각하는 대표님과 마음을 기댈 수 있는 믿음직한 동료들, 또렷한 개성을 가진 창작자들, 자신의 일을 사랑하는 거래처분들과 일하며 나는 지금의 나를 구성하는 대부분을 땡스북스에서 배웠다. 땡스북스를 그만두기로 결심하면서 내가 떠올린 단어도 퇴사가 아닌 졸업이었다. 땡스북스를 알지 못했더라면 지금쯤 나는 어떤 사람이 되었을까. 이따금 생각한다. 땡스북스에서 보낸 3년이 내가 인생에서 잡은 가장 빛나는 행운일 거라고.

올해 10월이면 사적인서점이 문을 연 지 꼬박 5년이 된다. 그 5년의 녹록지 않음을 누구보다 잘 알고 있기에 땡스북스의 10년에 끊이지 않는 박수를 보내고 싶다. 책만 팔아서는 서점을 유지하기 쉽지 않은 현실에 주저앉고 싶을 때마다 여전히 홍대 앞을 지키고 있는 노란 불빛의 땡스북스를 생각한다. 변함없이 그 자리에 있어 주는 것만으로도 얼마나 큰 힘이 되는지. 땡스북스가 그러하듯 나 역시 땡스북스에 힘이 되는 졸업생이고 싶다.

나의 행운, 나의 자랑, 땡스북스.

우리 오래오래 함께 걸어요.

혹시… 땡스북스?

최혜영

(전 땡스북스 점장, 현 카페 고잉홈 대표)

여행지에서 들른 내 취향의 카페에서, 관심 있게 보던 숍에서, 근무하던 다른 서점에서 어딘가 낯익은 얼굴이 내게 조심스레 말을 걸어 온다. “혹시… 땡스북스?” 마치 내 이름이 최-땡스북스인 양 자연스럽게 “오, 맞아요!” 하며 인사를 나누는 건 땡스북스를 그만둔 지 4년이 넘은 지금까지도 종종 있는 일이다. 이런 우연한 만남이 몹시 반가운 이유는 그저 서점 직원과 손님으로 마주쳤을 서로의 얼굴을 여태 기억하고 있었단 놀라움도 있지만, 무엇보다도 좋아하는 것이 같아 땡스북스에서 만났던 우리가 수년이 지난 지금도 똑 닮은 취향을 따라 또 다른 공간을 공유하고 있다는 것, 이 ‘연결되어 있음'이 내게 '함께 간다'는 유대감을 느끼게 하기 때문이다.

당신은 땡스북스가 아니냐는 말을 들을 만큼 나는 6년이 넘는 시간을 땡스북스에서 근무했다. 책을 고르고, 손님을 응대하고, 출판사와 만나고, 커피를 내리고, 음료 메뉴를 개발하고, 사진을 찍고, 서평을 쓰고, 전시와 이벤트를 기획하고, 담당 포스터를 디자인하기도 하고, 직원과 파트타이머도 직접 채용했다. 땡스북스의 다양한 업무는 한 과목이 특출나기보단 전 과목 평균 점수가 좋은 학생이란 게 늘 콤플렉스였던 나를 완전체로 만들어 주는 일이었다. 여섯 곳의 직거래 출판사가 백여 곳으로 늘어나기까지, 하루 손님이 열 명도 되지 않아 회사에서 사 주는 밥이 과분하게 느껴졌던 오픈 초기부터 손님이 너무 많아 카운트를 포기해야 했던 날까지 땡스북스와 함께 배우고 성장했다.

노란 간판 아래로 햇빛이 쏟아지던 책방에서 세상에 이런 책도 있다는 걸, 이런 사람도, 이런 삶도 있다는 것을 발견하며 눈이 뒤집히고 가슴 뛰는 시간을 보낸 이가 나 하나뿐일까. 비록 이제는 세월이 흐르며 단단해진 저마다의 독서 취향으로 땡스북스가 시시하게 느껴진다는 이도 있겠지만 그들도 한때는 땡스북스 책장에 꽂힌 모든 책이 내 책이었으면 하는 꿈을 꾸던 시절이, 갖고 싶은 많은 책 중 하나를 간신히 추려 품고 있다가 이내 그 책을 닮아 가는 기분에 설레던 순간이 있었을 테다. 속초의 카페에서 우연히 만난 땡스북스의 오랜 손님이라던 주인분은 차를 한잔 더 내어 주시며 말씀하셨다. "땡스북스가 저한테 얼마나 고마운 존재인데요. 그때 제가 받은 걸 생각하면 뭐라도 더 드리고 싶어요."

나 역시 무언가를 간절히 필요로 했던 시기에 땡스북스가 내어 준 것들을, 그리고 지금 내 곁에 남아 있는 것들을 둘러본다. 땡스북스에는 고맙다는 말밖에는 전할 것이 없다.

한 동네서점을 키우는 데는 온 마을이 필요하다

김욱
(전 땡스북스 디자인 스튜디오 실장, 현 로컬앤드 대표)

땡스북스를 시작하고 얼마 지나지 않아 찾아온 어느 출판사 담당자가 책을 입고하며 말을 꺼냈다. “저는 동네서점이 이렇게 생기는 것이 반갑지만은 않아요.” 여기저기 흩어져 있는 동네서점을 관리하기 어려워서 하는 투정인가 했더니 전혀 다른 이야기였다. 트렌디한 공간에서 동네서점을 시작하고는 얼마 지나지 않아 결국 폐점하게 되면 사람들이 ‘그럼 그렇지’ 하며 오히려 서점에, 그리고 책을 사는 것 자체에 실망한다는 것이다. 책을 파는 곳이 사라지고, 책을 사는 사람이 사라지고, 그러다 보면 책을 만드는 사람도 사라지는 게 당연하지 않겠냐는 것이다. 당시에는 막연하게 ‘없어지지만 않으면 되겠지' 생각했는데 돌이켜보면 정말로 '없어지지 않도록' 애써야 하는 날들이 많았다. 출판사 담당자의 바람처럼, 책에 고마워하는 서점의 이름을 위해서라도 좀 더 지속 가능한 서점이 되는 것이 땡스북스를 시작할 때의 마음이었다.

서가를 다 채우지도 못한 채 시작해야 했던 땡스북스는 어느덧 꽉 찬 서가만큼 10년을 채운 서점이 됐다. "서점을 만들려고 하는데 같이 할래?"라는 이기섭 대표님의 말이 어제 한 대화처럼 생생한데 "네"라고 답한 순간부터 숨 돌릴 틈 없이 벌써 이만큼 시간이 흘렀다.

땡스북스를 준비할 때는 문 닫는 순간까지 같이 할 거라 마음먹었는데 어쩌다 보니 지금까지 남은 오픈 멤버는 대표님뿐이다. 그동안 함께한 스태프 중 몇몇은 꽤 괜찮은 회사로 이직했고 또 몇몇은 자신의 브랜드를 만들기도 했다. 땡스북스에서의 경험 덕분이라는 바람직한(?) 그들의 인터뷰도 종종 볼 수 있었지만 그런 결과는 각자의 능력 때문이었다고 말해 주고 싶다. 오히려 그런 사람들과 같이 일할 수 있었기에 많이 배울 수 있었고 감사한 마음이다. 나는 땡스북스가 더갤러리 건물 1층에서 지금의 공간으로 이전

했던 2018년, 땡스북스의 디자인 파트였던 '땡스북스 스튜디오'를 분리해서 '로컬앤드'로 독립했다.

시작부터 함께했던 땡스북스를 떠난다는 것은 간단하지 않았다. 인수인계나 매출의 분리 같은 행정적 문제보다 처음부터 만들어온 땡스북스에 대한 감정의 정리, 그렇잖아도 이사를 앞두고 어려운 상황에 일을 보태는 건 아닌가 하는 걱정들이 자꾸 발을 붙잡았다. 땡스북스의 이삿날이 잡히고 나 역시 마음속에 디데이를 정해야 하는 순간이 왔다.

고민 없이 선택할 수 있었던 시작과 다르게 헤어지는 순간은 많은 생각에 짓눌려 입이 떨어지지 않았다. 이미 얼굴 표정에서 드러났을 것이다. 대표님은 나의 퇴직에 대해 자세히 묻지 않았다. 나는 끝이라고 생각했는데 대표님은 다른 시작이라고 말하고 있었다. "괜찮아, 각자 일하지만 같이 할 수 있는 것은 같이 하자". 그렇게 나의 퇴직은 '따로 또 같이' 가는 시작이 되었다.

로컬앤드가 파주에 자리하면서 땡스북스와는 거리가 멀어졌다. 서점과 한 블록 떨어진 곳에 스튜디오가 있었던 예전처럼 자주 다녀갈 수 없는 건 안타깝지만, 스태프가 아닌 손님으로 땡스북스를 방문하는 것도 꽤 좋다.

새로 옮긴 공간이 낯설 것 같았는데 땡스북스는 여전히 땡스북스다. 가구며 집기들도 전부 교체되어 내가 있던 때부터 남아있는 건 노란 간판뿐인데도, 문을 열고 들어서면 처음 땡스북스에서 느꼈던 아늑함이 느껴진다. 땡스북스의 아이덴티티를 지키고 있는 점장 정승 씨와 매니저 소정 씨의 노력 덕분이겠다.

늘 같은 느낌이라고는 하지만 자세히 들여다보면 다른 부분도 찾을 수 있다. 땡스북스의 시작부터 만들어진 분위기는 그대로지만 혜영 씨와 지혜 씨가 있던 땡스북스와 정승 씨와 소정 씨가 있는 땡스북스는 어딘가 다르다. 같은 책도 어느 카테고리에 꽂혀 있냐에 따라 그 성격이 다르게 보인다 했던가. 책에 관한 그들의 관심과 디테일이 다채로운 서가를 만든다. 그렇게 땡스북스는 조금 더 성장하고 있었다.

예전의 땡스북스가 있던 길을 지나가면 새로운 길을 걷는 것 같은 낯선 기분이다. 한두 해만 버텨도 '오래된 가게'처럼 느껴지는 홍대 앞에서 땡스북스가 10년이나 되었다는 것은 숫자로 표현되는 기간보다 더 큰 의미가 있다.

'한 아이를 키우려면 온 마을이 필요하다'는 말처럼 한 동네서점을 키우는 것도 온 마을이 필요하다. 땡스북스의 10년도 마을만큼 많은 사람들이 애써 준 덕분이라 생각한다. 그리고 무엇보다 그 시작을 만든 이기섭 대표님, 그리고 하나둘 내려놓던 짐을 모두 짊어지고 묵묵히 성장해 가는 정승 씨와 소정 씨에게 늘 빚진 마음으로 응원을 보낸다.

고마워 책방
: 홍대 앞 동네서점 땡스북스 10년의 이야기

2021년 9월 4일 초판 1쇄 발행

지은이
손정승 · 음소정

펴낸이
조성웅

펴낸곳
도서출판 유유

등록
제406-2010-000032호 (2010년 4월 2일)

주소
서울시 마포구 동교로15길 30, 3층 (우편번호 04003)

전화
02-3144-6869

팩스
0303-3444-4645

홈페이지
uupress.co.kr

전자우편
uupress@gmail.com

페이스북
www.facebook.com/uupress

트위터
www.twitter.com/uu_press

인스타그램
www.instagram.com/uupress

편집
인수

디자인
이기준

마케팅
송세영

제작
제이오

인쇄
(주)민언프린텍

제책
(주)정문바인텍

물류
책과일터

ISBN 979-11-6770-005-6 03810